ÜBER DIESES BUCH

Der französische Arzt Sarrasin und der deutsche Ingenieur Schultze sind die ungleichen Nachkommen der Begum, von deren Vermögen jeder 250 Millionen erbt. Beide geben das Geld für das gleiche Hobby aus: die Gründung einer Zukunftsstadt. Sarrasin baut die hygienisch-musische Musterstadt France-Ville und fördert den sozialen Wohnungsbau; Schultze errichtet die düster-technokratische Stahlstadt, erfindet rastlos Superwaffen und plant einen Angriff auf das friedliche France-Ville. Zu diesem Zweck bringt Schultze eine fürchterliche Riesenkanone in Stellung. Gibt es eine Rettung für France-Ville?
Jules Verne ist nicht nur mit Genuß und Spaß zu lesen – er ist in dieser neuen Ausgabe auch literarisch wieder zu entdecken. Der von Lothar Baier übersetzte und eingerichtete Text dieses Bandes zeigt wieder die ganze erzählerische Frische und den klugen Witz Jules Vernes. Die Holzstich-Illustrationen stammen aus der ersten französischen Gesamtausgabe.

DER AUTOR

Jules Verne wurde 1828 in Nantes (Frankreich) geboren. Er studierte Jura, schrieb Theaterstücke und Operetten und brachte schließlich als 34jähriger seinen ersten Roman ›Fünf Wochen im Ballon‹ heraus, nachdem fünfzehn Verlage die Annahme des Manuskriptes abgelehnt hatten. Vernes triumphaler Erfolg begann. Er schrieb 98 Bücher, für die er die Stoffe auf Reisen und aus Zeitschriften und Büchern zusammentrug.
Nach der Bibel und den Werken Lenins und Tolstois sind Jules Vernes Bücher am häufigsten übersetzt worden. Verne starb 1905 in Amiens.

Jules Verne

Die 500 Millionen der Begum

Roman

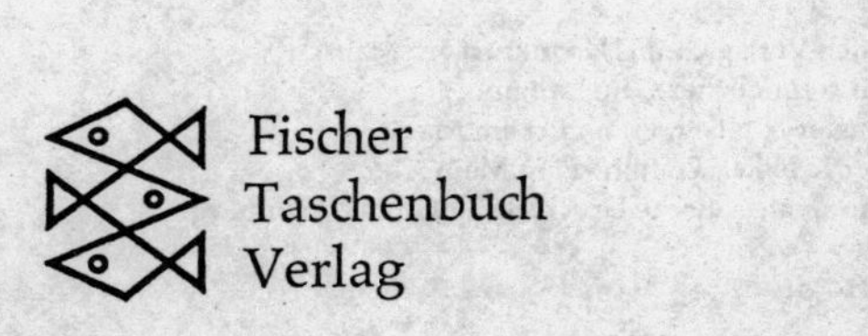

Fischer Taschenbuch Verlag
1.–25. Tausend: Juni 1969
26.–30. Tausend: April 1973
31.–37. Tausend: Februar 1974
38.–47. Tausend: Mai 1975
48.–57. Tausend: Januar 1976
58.–65. Tausend: August 1977
66.–70. Tausend: Juni 1979

Umschlagentwurf: Heinz Edelmann

Titel der französischen Originalausgabe: ›Les cinq cent millions de Begum‹
Neu übersetzt und eingerichtet von Lothar Baier
Mit Holzstich-Illustrationen der ersten französischen Gesamtausgabe
im Verlag Hetzel, Paris

Fischer Taschenbuch Verlag GmbH, Frankfurt am Main
Lizenzausgabe mit freundlicher Genehmigung
des Verlages Bärmeier & Nikel, Frankfurt am Main

Gesamtherstellung: Hanseatische Druckanstalt GmbH, Hamburg
Printed in Germany
380-ISBN-3-596-10010-0

Die 500 Millionen der Begum

Da lagen die riesigen Granaten, 2 m lang und über 1 m breit. Für wessen-Vernichtung sie wohl bestimmt waren?

1

»Diese britische Presse ist wirklich fabelhaft«, sagte Dr. Sarrasin zu sich selber, denn das Selbstgespräch war ihm die liebste Unterhaltung. Zufrieden räkelte er sich in seinem Ledersessel, er hatte schon einen Krankenhausbesuch hinter sich gebracht und die Zeitungen gelesen, obwohl es erst 10 h war, frisch rasiert war er auch.
In seinem Hotelzimmer in Brighton lagen aufgeschlagene Zeitungen herum, die *Times*, der *Daily Telegraph* und die *Daily News*. Die Augen des fünfzigjährigen Dr. Sarrasin blitzten hinter der Stahlbrille hervor, wenn er wieder und wieder die Berichte überflog, in denen sein Memorandum zur Frage des von ihm entwickelten Blutkörperchenzählers gewürdigt wurde, mit dem er den Internationalen Kongreß für Hygiene überrascht hatte.
»Eine phantastische Presse«, murmelte er wieder vor sich hin, »der englische Journalismus hat sich hier selbst übertroffen. Alles steht wortwörtlich in der Zeitung: die Rede des Vizepräsidenten, das Gegenreferat von Dr. Cigogna aus Neapel, und dann die Gedankengänge meines Memorandums. *Das Wort hat nun Dr. Sarrasin aus Douai, die Ausführungen des hochverehrten Kongreßteilnehmers werden in französischer Sprache gehalten.*
›Herr Präsident, Herr Vizepräsident, meine sehr verehrten Herren‹, begann der charmante französische Wissenschaftler, ›so schlecht, wie ich die englische Verhandlungssprache beherrsche, wird keiner von Ihnen meine Muttersprache verstehen, gestatten Sie mir deshalb, ein gemäßigtes Französisch zu sprechen . . .‹
Fünf Spalten lang in kleinstem Schriftgrad! Kein Wort zuviel, vor allem aber auch keines zuwenig! In der *Times* und im *Telegraph!* Ich weiß nicht, welchem dieser Blätter ich die Palme der besten Reportage zuerkennen soll.«
Dr. Sarrasin war so in Gedanken und Staunen versunken, daß er sein Frühstückstablett beinahe übersehen hätte, auf dessen blütenweißer Serviette ein halb durchgebratenes Kotelett, eine Tasse mit dampfendem Tee und exquisite Toastschnittchen

aufgebaut waren. Der englische Toast verdankt seinen Ruf allerdings weniger den Hausfrauen, wie oft fälschlich angenommen wird, sondern den englischen Bäckern, die ihr Backrezept für Toastbrot bis heute streng gehütet haben.
Der Doktor wollte sich gerade wieder in seine Betrachtungen über die gewissenhafte Berichterstattung in der englischen Presse vertiefen, als es plötzlich klopfte und die Stimme des Oberzeremonienmeisters zu vernehmen war:
»Ist Möschjöh vielleicht zu sprechen?«
An das lässige »Möschjöh« hatte sich Dr. Sarrasin längst gewöhnt, aber er wunderte sich nicht wenig, als ihm der korrekt schwarzgekleidete Hotelmeister eine Visitenkarte überreichte, obwohl er in diesem Lande kaum einen Menschen kannte. Den Namen, der auf der Karte gedruckt war, hatte er jedenfalls noch nie gehört.
Mr. Sharp, Sollicitor
93 Southampton row,
London
Der Doktor erinnerte sich, daß ein Sollicitor in England ein gewöhnlicher Anwalt ist, daß er aber für kontinentale Begriffe eine Kreuzung aus Staatsanwalt und Winkeladvokat vorstellt. Dr. Sarrasin fühlte sich auf einmal nicht mehr ganz wohl.
»Sollte ich vielleicht etwas angestellt haben?« fragte er sich stumm. »Man hat ja schon von den schlimmsten, unter Hypnose begangenen Verbrechen gehört. Hat sich dieser Mister Sharp auch nicht in der Adresse geirrt?« fragte er den Zeremonienmeister.
»Nein, Möschjöh.«
»Der Herr möge hereinkommen.«
Der Zeremonienmeister hielt einem jungen Menschen die Tür auf, den der Doktor auf den ersten Blick als Angehörigen der großen Familie der »Totenköpfe« einstufte. Zwischen schmalen, oder besser, eingetrockneten Lippen schauten lange, weiße Zähne hervor, die Schläfenadern schimmerten bläulich durch papierene Haut, die das Gesicht wie eine Mumienhülle überzog, aus der die kleinen Augen stechend hervorblitzten. Ein großkarierter Überzieher, der vom Hinterkopf bis zu den Fersen reichte, verdeckte nur mühsam einen knochigen Körper.
Der junge Mann kam herein, wünschte flott einen guten Tag, legte seinen Hut und seine lacklederne Reisetasche ab und nahm Platz, ohne auf das Angebot seines Gastgebers zu warten.

»Diese britische Presse ist wirklich fabelhaft«,
sagte Dr. Sarrasin zu sich selbst.

»William Henry Sharp jr.«, stellte er sich vor, »Sozius des Hauses Billows, Green, Sharp & Co, und ich habe sicherlich das Vergnügen, mit Herrn Dr. Sarrasin . . . «
»Jawohl, Monsieur.«
»François Sarrasin?«
»Stimmt.«
»Wohnhaft in Douai.«
»Mein ständiger Wohnsitz.«
»Sie sind der Sohn des Isidore Sarrasin?«
»Woher wissen Sie das nur?«
»Augenblick«, sagte Herr Sharp, und nahm ein Schriftstück aus seiner Tasche. »Ihr Vater Isidore Sarrasin ist im Jahre 1857 zu Paris verstorben, im VI. Arrondissement, 54 rue Taranne, in dem nunmehr abgerissenen Hotel des Ecoles.«
»Stimmt genau«, antwortete der Doktor erstaunt, »aber was soll das Ganze?«
»Warten Sie. Die Mutter Ihres Vaters hieß mit ihrem Mädchennamen Julie Langevol, als Tochter des Benedict Langevol geboren, wohnhaft in der Sackgasse Loriol zu Bar-le-Duc, verstorben im Jahre 1812. Dies alles steht in den standesamtlichen Registern dieser Stadt. Sehr korrekt geführt, das muß ich hinzufügen. Über einen Bruder der Julie Langevol ist auch noch eine Eintragung zu finden: Jean Jacques Langevol, Tambourmajor des 36. leichten . . .«
»Halt, halt«, sagte Dr. Sarrasin, »Sie wissen über die Herkunft meiner Familie ja besser Bescheid als ich selber. Von meiner Großmutter hatte ich bis heute nichts anderes gehört, als daß sie mit Mädchennamen Langevol hieß.«
»Hören Sie also weiter zu. 1799 heiratete Julie Langevol Ihren Großvater Jean Sarrasin und zog mit ihm 1807 von Bar-le-Duc nach Melum um. Dort eröffnete das Paar eine Klempnerwerkstatt. 1811 starb Julie Sarrasin und hinterließ ein einziges Kind, Ihren Vater Isidore Sarrasin. Dessen Lebenslauf ist uns bis auf den Ort und das Datum seines Todes unbekannt.«
»Da kann ich Ihnen schon aushelfen«, sagte Dr. Sarrasin, dessen Interesse an seiner Familiengeschichte allmählich erwachte. »Mein Großvater ließ sich später in Paris nieder, um das Medizinstudium seines Sohnes zu überwachen. Er starb 1832 in dem Ort Palaiseau bei Versailles, wo mein Vater seine Praxis besaß, und wo ich selbst im Jahre 1822 geboren wurde.«

»Sie sind eindeutig der Gesuchte!« sagte Herr Sharp. »Oder haben Sie Brüder oder Schwestern?«
»Nicht daß ich wüßte. Meine Mutter starb schon zwei Jahre nach meiner Geburt. Aber jetzt im Ernst. Ich habe die Karten offen auf den Tisch gelegt und erwarte jetzt von Ihnen, daß auch Sie sich erklären.«
»Selbstverständlich, Sir Bryah Jowahir Mothooranath«, antwortete der Anwalt, jede Silbe mit Andacht intonierend, »ich schätze mich glücklich, Sie als erster mit diesem erlauchten Titel anreden zu dürfen!«
»Der Kerl ist nicht bei Trost«, sagte sich der Doktor, »das soll bei solchen Leptosomen öfter vorkommen.«
»Ich weiß«, fuhr der Anwalt fort, »daß Sie mich jetzt für verrückt halten. Überstürzen Sie aber nichts, sondern hören Sie mir noch ein paar Minuten zu. Sie und kein anderer sind in diesem Augenblick als einziger Erbe des Titels Baronet ermittelt worden, der Ihrem Vorfahren Jean Jacques Langevol einst auf Betreiben des Generalgouverneurs der Provinz Bengalen verliehen wurde. Jean Jacques Langevol war 1819 naturalisierter britischer Untertan geworden und hatte die indische Begum Gokool geheiratet, die bei ihrem Tod im Jahr 1841 einen schwachsinnigen Sohn und ein Riesenvermögen hinterließ. Dieser Sohn ist 1869 ohne Erben und Testament gestorben, während sich die Hinterlassenschaft der Begum schon vor 30 Jahren auf etwa fünf Millionen Pfund Sterling belief. Das Erbe wurde amtlich einbehalten und, solange der geisteskranke Sohn Jean Jacques Langevols noch lebte, wurden die Ansprüche daran beständig zum Kapital geschlagen. Im Jahr 1870 war der Wert des Vermögens bereits auf 21 Millionen Pfund Sterling oder 525 Millionen Francs angewachsen. Auf einen Gerichtsbeschluß aus Agra hin, der vom Hohen Gericht in Delhi und vom Geheimen Rat bestätigt wurde, hat man die Immobilien und beweglichen Güter aus der Erbmasse verkauft, und den Erlös bei der Bank von England hinterlegt. Die 527 auf einem Sperrkonto liegenden Millionen Francs können Sie in dem Augenblick per Scheck abheben, sobald Sie Ihre Herkunft und Identität beim britischen Kanzleigericht glaubhaft nachgewiesen haben. Einstweilen biete ich Ihnen durch das Bankinstitut Trollop, Smith & Co Vorauszahlungen in jeder Höhe an.«
Dr. Sarrasin brachte kein Wort heraus. Als er nach einer Weile wieder zur Besinnung kam, fragte er sich, ob ein Märchen aus

Tausendundeiner Nacht Wirklichkeit geworden, oder ob er einer Mystifikation aufgesessen war.
»Haben Sie überhaupt irgendwelche Beweise«, sagte er zu Herrn Sharp, »und verraten Sie mir doch bitte, wie Sie gerade auf mich als Erben gekommen sind.«
»Ganz einfach«, antwortete der Anwalt und pochte auf seine Aktentasche, »hier drinnen findet sich alles, schwarz auf weiß belegt und bewiesen. Es ist auch kein Geheimnis, wie ich gerade auf Sie gekommen bin. Fünf Jahre lang habe ich nämlich schon nach Ihnen gesucht. Das Spezialgebiet unseres Hauses ist die Nachforschung nach Personen, die als *next of kin,* als Erben von Hinterlassenschaften in Frage kommen, die von den Gerichten der britischen Besitzungen einstweilen in Verwahrung genommen sind. Mit dem Erbe der Begum Gokool befassen wir uns bereits seit einer Generation, haben unsere Fühler nach allen Seiten hin ausgestreckt und etwa 100 Familien Sarrasin nach einem Vorfahren namens Isidore befragt. Ohne Erfolg. Ich wollte mich schon mit der Gewißheit zufriedengeben, daß ein unbekannter Sarrasin in Frankreich nicht mehr zu finden ist, als ich gestern morgen auf die *Daily News* stieß und deren Bericht über den Hygiene-Kongreß las, wobei mir plötzlich Ihr Name auffiel. Ich stöberte daraufhin Tausende von Aktenseiten über die Erbschaftsangelegenheit durch und stellte zu meiner Überraschung dabei fest, daß wir das Namensregister der Stadt Douai übergangen hatten. Ich nahm den ersten Zug nach Brighton, denn ich ahnte schon, daß ich auf einer heißen Spur war, und als ich Sie auch noch aus dem Kongreßsaal gehen sah, war ich der Sache vollends sicher. Ihrem Großonkel Langevol sind Sie wie aus dem Gesicht geschnitten, zumindest seinem Porträt, das der indische Maler Saranoni angefertigt hat, und dessen photographische Reproduktion wir besitzen.«
Herr Sharp zog eine Photographie aus seinem Notizbuch und reichte sie Dr. Sarrasin. Ein hochgewachsener Mann mit herrlichem Bart war darauf zu sehen, ein Turban mit Federbusch bedeckte seinen Kopf und ein grünbesetzter Brokatrock seinen Körper, der in der Haltung eines kommandierenden Generals dargestellt war, wie man sie häufig auf Historienbildern sieht: in der Hand den noch feuchten Angriffsbefehl, die Augen geradeaus auf den Betrachter gerichtet, und im Hintergrund schlagen sich prächtige Reiterabteilungen die Köpfe ein.

»In den Akten hier steht mehr als ich Ihnen mündlich vortragen kann«, sagte der Anwalt. »Wenn Sie gestatten, empfehle ich mich jetzt und kehre in zwei Stunden wieder zurück, um dann Ihre Wünsche entgegenzunehmen.«
Herr Sharp griff in seine Tasche und nahm sechs oder sieben teils gedruckte, teils handgeschriebene Aktenbündel heraus und legte sie auf dem Tisch zurecht. Dann wandte er sich allmählich im Rückwärtsgang zur Tür.
»Sir Bryah Jowahir Mothooranath, habe die Ehre, einen Guten Tag zu wünschen.«
Der Doktor begann mißtrauisch in den Akten zu blättern, aber bald verflogen alle seine Zweifel. Die vorliegenden Dokumente faszinierten ihn geradezu durch ihre Echtheit. Eine prachtvoll gesiegelte Akte zog seine Aufmerksamkeit ganz besonders an:
Bericht an die sehr ehrenwerten Lords Ihres geheimen königlichen Rat betreffs des vakanten Erbes der Begum Gokool von Ragginarah, Provinz Bengalen, niedergelegt am 5. Januar 1870.
Folgende Sachverhalte wurden ermittelt:
die Hinterlassenschaft der Begum Gokool von Ragginarah setzt sich aus dem Besitzrecht an einigen Mehals und 43 000 Beegales landwirtschaftlicher Nutzfläche, aus Häusern, Wirtschaftsgebäuden, Dörfern, Palästen, beweglichen Gütern, Schätzen, Waffen etc. zusammen. Aus den Akten der Zivilkammer zu Agra und des Appellationsgerichts in Delhi ist zu ersehen, daß jene Begum Gokool, Witwe und Erbin des Rajah Luckmissur, im Jahre 1819 einen gebürtigen Franzosen namens Jean Jacques Langevol in zweiter Ehe heiratete. Dieser Ausländer hatte als Unteroffizier bzw. Tambourmajor bis 1815 im leichten 36. Regiment der französischen Armee gedient und war nach seiner Abdankung aus der Loire-Armee auf einem Handelsschiff von Nantes aus als Superkargo nach Kalkutta gekommen. Im Landesinnern engagierte ihn der Rajah Luckmissur als Instrukteur für seine eingeborene Privatarmee im Range eines Hauptmanns, wenig später wurde er zum Oberbefehlshaber der Armee befördert, und nach dem Tod des Rajahs übernahm er auch noch die Hand der Begum. Da Langevol, der sich inzwischen als britischer Untertan hatte naturalisieren lassen, sich als Kolonialpolitiker unschätzbare Verdienste erwarb und den Europäern in Agra aus mehr als einer gefährlichen Situation heraus-

half, entschloß sich der Generalgouverneur der Provinz Bengalen, für den Gatten der Begum den Titel eines Baronets zu beantragen. Die Besitzungen von Bryah Jowahir Mothooranath wurden damit in Lehen verwandelt. Nachdem die Begum im Jahr 1839 und der Baronet 1841 gestorben waren, wurden ihre Hinterlassenschaften unter staatliche Verwaltung gestellt, da der geistesschwache gemeinsame Sohn bis zu seinem Tod im Jahr 1869 unter fremde Vormundschaft genommen werden mußte. Danach beschlossen die Gerichte von Agra und Delhi, das gesamte Erbe gerichtlich versteigern zu lassen, da direkte Erben bis zur Stunde nicht ermittelt werden konnten, und ersuchen ehrerbietig Ihren Geheimen Rat, die verfügten Maßnahmen gegenzuzeichnen. Etc. etc. Danach die Unterschriftenliste.

Beigefügt waren die Gerichtsakten aus Agra und Delhi, die Verkaufsdokumente, die Depotanweisungen für das eingebrachte Kapital an die Bank von England, ein Bericht über die Suche nach den Langevol-Erben in Frankreich mit verschiedenen Anlagen. Dr. Sarrasin begann die Bedeutung dieser Dokumente allmählich zu begreifen. Er und kein anderer war der *next of kin* und damit der berechtigte Erbe des Begum-Vermögens. Ein paar lächerliche Papiere wie Geburts- und Todesurkunden konnten ihm den Weg in die Tresorkeller der Bank von England und damit nur 527 Millionen Francs frei machen.

So sehr sich der Doktor auch sonst in der Gewalt hatte, angesichts von Millionen wurden seine Nerven schwach. Kaum war er aber aufgesprungen, da beruhigte er sich auch schon wieder, übte Selbstkritik an seiner unkontrollierten Aufregung, ließ sich in einen Sessel fallen und meditierte lange Zeit vor sich hin.

Auf einmal erhob er sich nochmals, ging wieder auf und ab, selig lächelnd und mit verklärtem Blick. Ein großartiger, nobler Gedanke wurde geboren, Dr. Sarrasin hob ihn behutsam ans Tageslicht, trocknete, streichelte und adoptierte ihn.

Da klopfte es an der Tür, Herr Sharp war wieder da. »Verzeihen Sie«, sagte der Doktor zu ihm, »wenn ich Ihren Auskünften vorhin nicht so ganz getraut habe. Diese Akten hier haben mich vollends umgestimmt, um so mehr muß ich mich für die ungeheure Arbeit bedanken, die Sie sich mit meinem Fall gemacht haben.«

»Lappalien«, antwortete der Anwalt, »eine lächerliche Routinearbeit. Darf ich mir jetzt irgendwelche Hoffnungen darauf machen, daß ich Sir Bryah als Kunden meines Instituts gewinnen kann?«

»Hoffen Sie alles, nur geben Sie die Hoffnung auf, daß Sie mir mit diesem komischen Titel eine besondere Freude machen.«

Der Anwalt zuckte fast unmerklich zusammen, als er das Wort komisch hörte, aber dann faßte er sich und sagte freundlich: »Ganz wie Sie wünschen, ob mit oder ohne Titel, bei mir ist jeder Kunde König. Ich fahre jetzt übrigens nach London zurück und warte auf Ihre Dispositionen.«

»Können Sie mir diese Akten einstweilen hierlassen?«

»Sie können Sie ruhig behalten, wir haben Abschriften.«

Als der Anwalt gegangen war, nahm Dr. Sarrasin Papier und Tinte und setzte an seinem Schreibtisch folgenden Brief auf:

Brighton, 28. Oktober 1871.

Mein liebes Kind,

stell Dir vor, wir sind über Nacht stein- und stinkreich geworden! Ein Riesenvermögen! Wenn Du glaubst, ich würde, volkstümlich ausgedrückt, spinnen, dann lies zunächst einmal die beigelegten Akten durch. Ich schwöre Dir, bis heute habe ich nicht gewußt, daß sich in mir ein indischer Fürst verborgen hielt, dem mehr als eine halbe Milliarde Francs gehören. Ich kann mir lebhaft vorstellen, was für ein Gesicht Du jetzt machst. Nimm die Sache aber nicht zu leicht. Besitz verpflichtet, und ein Vermögen dieser Größenordnung kann zu einer grausamen Geißel werden. Ich hatte mich noch keine Stunde unbeschwert über die Nachricht freuen können, die vor allem Dich etwas angeht, da kamen auch schon die ersten Zweifel: kann man ein solches Glück überhaupt ertragen, das vielleicht tief und verderbenbringend in unser Schicksal eingreift? Als Wissenschaftler sind wir gewohnt, unsere Talente im verborgenen zu entfalten. Mit diesem bescheidenen und dennoch befriedigenden Lebensstil wird es nun vorbei sein. Ich habe zwar schon einen Plan, aber ich will ihn jetzt noch bei mir behalten. Ich sage Dir nur soviel, daß ich mit dem Gedanken spiele, dieses Vermögen in ein segensreiches zivilisatorisches und wissenschaftliches Unternehmen einzubringen. Doch darüber werden wir uns später noch unterhalten. Schreib mir bitte sofort, wie Du Dich jetzt fühlst, und gib die Nachricht auch an Deine Mutter weiter, Sie wird sich hoffentlich nicht allzusehr aufregen. Dein Schwesterchen ist wohl noch zu klein, um sich von dieser Neuigkeit beein-

drucken zu lassen. Selbst wenn sie deren Folgen begreift, wird sie am wenigsten von uns allen davon betroffen sein. Grüße auch an Marcel, sag ihm, daß wir ihn selbstverständlich mit in unsere Pläne einbeziehen.

Herzlich, Dein Vater, Fr. Sarrasin, Dr. med.

Der Doktor steckte den Brief zusammen mit den wichtigsten Akten in einen Umschlag, schrieb darauf »M. Octave Sarrasin, école centrale des Arts et Manufactures, 32, rue du Roi-de-Sicile, Paris«, griff nach seinem Hut, hängte sich den Überzieher um und ging zum Kongreßsaal. Eine Viertelstunde später hatte der rechtschaffene Mann seine Millionen schon wieder vergessen.

2

Der Filius Octave Sarrasin war ein Durchschnittsmensch par excellence. Er war weder ausgesprochen dumm noch überragend intelligent, nicht gerade hübsch, aber auch nicht häßlich, seine Haare waren nicht dunkel und nicht blond, sondern kastanienbraun. Vom Kolleg brachte er meist einen zweiten Preis und zwei oder drei mündliche Auszeichnungen nach Hause. Das Abitur hatte er mit der Gesamtnote »genügend« bestanden. Bei der Aufnahmeprüfung für die *école centrale* fiel er das erste Mal durch, den zweiten Anlauf schaffte er mit der Nummer 127. Seinem Wesen nach war er labil und sprunghaft, er haßte die Perfektion, halbe Ergebnisse genügten ihm schon. Das Ungefähre war sein Lebenselement. Er ließ sich geradewegs dahintreiben, je nachdem, wonach ihm der Sinn stand und wohin der Wind wehte. Die anderen ließ er gerne Pläne machen, er selbst vertraute nur dem Zufall. Hätte Dr. Sarrasin seinen Sohn besser gekannt und seine Eigenschaften etwas nüchterner eingeschätzt, dann hätte er diesen Brief vielleicht nicht so schnell abgeschickt. Aber als Väter von Söhnen erlauben sich auch die korrektesten Geister da und dort die Freiheit der Verblendung.

Obwohl Octave nicht bei seinen Eltern wohnte, war er nicht ganz sich selbst und seinen Launen überlassen. Im Lycée Charlemagne, wo er auf Wunsch seines Vaters fertig studieren

sollte, hatte er mit einem elsässischen Mitschüler Freundschaft geschlossen, aus der vor allem Octave Gewinn zog. Dieser Marcel Bruckmann war zwar ein Jahr jünger als Octave, ihm aber körperlich und geistig weit voraus. Der Elsässer hatte seit dem 12. Lebensjahr keine Eltern mehr, und eine geerbte Rente reichte gerade für die Studiengebühren. Hätte Octave Marcel nicht in den Ferien mit nach Hause genommen, wäre sein Freund wohl kaum einmal aus der Schule hinausgekommen.
Marcel Bruckmann gehörte bald wie ein Kind zur Familie Sarrasin, und er gewann Octaves Eltern und seine kleine Schwester mit der Zeit auch recht lieb, aber er war nach außen hin zu unbeholfen und zu verschlossen, um seine Gefühle zu zeigen. Insgeheim nahm er sich vor, die kleine Jeanne nach seinen Vorstellungen zu erziehen und den launischen Octave an die Kandare zu nehmen.
Marcel Bruckmann konnte sich in jeder Beziehung als Vorbild sehen lassen. Er war eines jener allemanischen Prachtexemplare, die Jahr für Jahr aus dem Elsaß in den Schmelztiegel Paris geschickt werden. Unter seinen elsässischen Kameraden war er schon früh durch seinen hünenhaften Körperbau aufgefallen, und in der Schule, sowohl beim Turnen als auch im Chemiesaal, hatte er sich mit zäher Energie nach vorne geboxt. Wurden seine Leistungen einmal nicht mit einem Preis ausgezeichnet, dann glaubte er, ein ganzes Jahr umsonst gelebt zu haben. Bis zum Alter von 20 Jahren hatte er sich zu einem hochgezüchteten Hirn- und Muskelapparat entwickelt, gekrönt von einem intelligenten Kopf, der ihm manchen bewundernden Blick eintrug.
Marcel Bruckmann war als zweiter in die école centrale aufgenommen worden, aber er gab keine Ruhe, bis er als erster abgehen konnte. Octave hingegen hatte nur mühsam und mit Marcels Hilfe den Eintritt in die Schule geschafft. Ein ganzes Jahr lang mußte ihn Marcel mit der Aussicht auf Erfolge locken und nach eiserner Arbeitsdisziplin drillen, bis Octave in seinen Leistungen mitziehen konnte. Nebenbei machte es dem Elsässer Vergnügen, den Überlegenen zu spielen und mitleidig auf den Schwächeren hinabzusehen. Octaves Leistungen waren im Grunde sein Verdienst, aber Marcel war es gleichgültig, ob er sich für einen anstrengen mußte oder für zwei.
Die beiden Freunde steckten gerade mitten in der Abschlußprüfung, als der Krieg von 1870 ausbrach. Kaum war die Mo-

bilmachung verkündet und der Lehrbetrieb eingestellt, da meldete sich Marcel, vom patriotischen Schlag getroffen, als Kriegsfreiwilliger bei dem 31. Jägerbataillon, um das bedrohte Straßburg und sein geliebtes Elsaß mit der Waffe in der Hand gegen die Teutonen verteidigen zu helfen. Octave trottete wie ein treuer Hund hinter ihm her. Der Morgen graute, und Mars regierte die Stunde.
Aus Paris kamen die Kameraden erst gar nicht hinaus. Sie wurden als Horchposten bei der Belagerung der Hauptstadt eingeteilt. Marcel bekam bald eine Kugel in den rechten und eine Epaulette auf den linken Arm, die Kugel bei Champigny und das Lametta bei Buzeval. Octave ging leer aus, obwohl er fast immer neben seinem Freunde gelegen hatte oder höchstens einmal 6 m zurückgeblieben war.
Nach dem Friedensvertrag zogen die Freunde in zwei nebeneinanderliegende Zimmer, die sie in einem wenig komfortablen Haus in der Nähe ihrer Schule gemietet hatten. Marcels Arbeitsdisziplin wurde jetzt noch härter, die Niederlage Frankreichs und der Verlust der französischen Ostgebiete Elsaß und Lothringen hatten ihn voll zum Mann reifen lassen.
»Die französische Jugend kennt jetzt nur einen Auftrag«, sagte Marcel zu Octave: »die Vergangenheit der Väter zu bewältigen und dem Vaterland mit verdoppelten Leistungen zu dienen. Von heute an ist es unsere heilige nationale Pflicht, um 5 Uhr früh aufzustehen.«
Jeden Morgen trieb Marcel seinen Freund aus dem Bett, brachte ihn im Laufschritt zur Schule und ließ ihn auch sonst keine Minute allein. Zu Hause jagte er ihn sofort wieder an die Arbeit und gönnte ihm höchstens einmal eine kurze Kaffee- und Rauchpause. Von Zeit zu Zeit gewährte er sich und Octave zwar Ausgang, ins Konzert oder ins Theater, zum Billardspielen oder zum Ausritt bis in den Wald von Verrières, aber Octave träumte dabei von ganz anderen Vergnügungen. Er wäre am liebsten in den Zirkus gegangen und hätte den Catchern zugeschaut. Doch Marcel brauchte ihn nur einmal streng anzusehen, und Octave wagte nicht mehr, den Mund aufzumachen.
Auch am 29. Oktober 1871 saßen die beiden Stubenhocker wie immer abends an ihrem gemeinsamen Schreibtisch und arbeiteten im Schein einer Lampe. Während sich Marcel mit einem schwierigen Problem der darstellenden Geometrie herumschlug, versuchte Octave die praktische Frage zu lösen, wie man einen

Liter Kaffee möglichst langsam und genüßlich zubereitet. Mit heiligem Eifer stürzte sich Octave jeden Tag auf das Kaffeekochen, denn so konnte er sich mit gutem Grund um die verwickelten Gleichungen und die Zusatzaufgaben herumdrücken, die ihm Marcel in jeder freien Minute mit diebischem Vergnügen stellte. Tropfen für Tropfen ließ Octave das kochende Wasser auf eine dicke Schicht gemahlenen Kaffees träufeln, und er sah aufmerksam zu, wie der Kaffee Tropfen für Tropfen die Kanne füllte.

»Jetzt wird aber endlich ein anständiger Filter gekauft«, sagte er zu Marcel, »dieser vorsintflutliche Apparat ist ja eine Schande für die nationale Küchenkultur.«

»Von mir aus geh sofort los und besorg dir einen Filter«, antwortete Marcel, »dann hast du endlich auch keinen Vorwand mehr, jeden Abend Stunden mit dem Kaffeekochen zu verbummeln.«

Marcel brütete über seiner geometrischen Aufgabe weiter, während Octave den letzten Rest Kaffeewasser aufgoß. Plötzlich rief der Hausmeister und klopfte an die Tür.

»Post für Herrn Sarrasin!«

Vor Freude über die unerwartete Abwechslung riß Octave die Tür auf und nahm den Brief entgegen.

»Mein Vater hat geschrieben, seine Handschrift erkenne ich schon Kilometer gegen den Wind. Das ist wenigstens ein richtiger Brief, und nicht nur so ein Verlegenheitsfetzen«, fügte Octave hinzu, als er den Umschlag in der Hand wog.

Octave brauchte seinem Freund nicht erst zu erklären, daß sein Vater in England war. Auf der Durchreise durch Paris hatte er die beiden besucht und sie in ein Eßlokal des Palais Royal zu einem sardanapalischen Diner eingeladen. Das Restaurant hatte seinen legendären Ruf zwar längst eingebüßt und war bei Tout Paris schon aus der Mode gekommen, aber der Doktor hielt es immer noch für den letzten Schrei hauptstädtischer Gastronomie.

»Lies mir vor, was dein Vater vom Kongreß für Hygiene schreibt«, sagte Marcel. »Es war übrigens sehr klug von ihm, an diesem Kongreß teilzunehmen, denn Frankreich muß gerade jetzt auf dem Gebiet der Wissenschaft entschlossen aus der Isolation heraus.«

Marcel wollte seine Rechnungen wiederaufnehmen, da schreckte ihn ein Schrei Octaves auf.

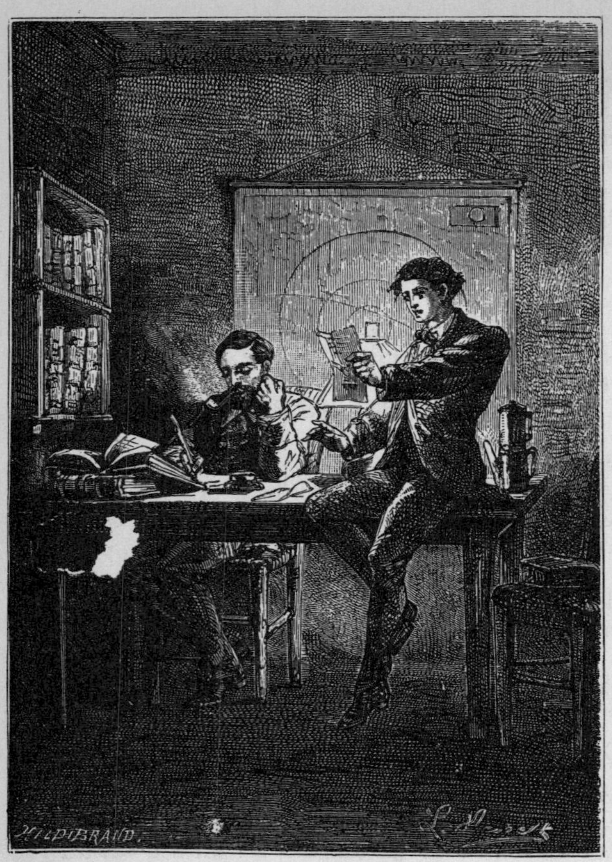

*Gerade wollte Marcel seine Rechnungen wieder-
aufnehmen. Da schreckte ihn ein Schrei Octaves auf.*

»Hat dich etwas gestochen?« fragte er. Octave war auf einmal ganz blaß geworden.
»Nimm und lies!« antwortete Octave.
Marcel nahm den Brief und die beiliegenden Akten in die Hand und las die Papiere mehrmals von vorne bis hinten durch.
»Sehr seltsam«, sagte er, stopfte seine Pfeife und steckte sie gemächlich an. Octave betrachtete ihn ängstlich.
»Was meinst du mit ›seltsam‹? Glaubst du das vielleicht nicht!«
»Doch, doch. Dein Vater ist als Wissenschaftler viel zu kritisch und pedantisch, um sich an der Nase herumführen zu lassen. Es wird schon stimmen, was er schreibt. Die schriftlichen Beweise sind ja dabei.«
Marcel zündete seine Pfeife noch einmal rundum an und hockte sich gleich wieder über die Arbeit. Octave war so aufgeregt, daß er den Wassertopf nicht mehr ruhig halten konnte, und vor lauter Zittern kam er nicht zur Besinnung. Dafür plapperte er drauflos, um sich wieder etwas zu beruhigen.
»Mann, wenn das alles wahr ist, dann wirft das ja alle unsere Pläne durcheinander. Eine halbe Milliarde, sag das mal laut! O seid umschlungen, ihr Millionen!«
»So viel ist eine halbe Milliarde auch wieder nicht«, antwortete Marcel zwischen zwei Pfeifenzügen. »Dein Vater ist damit auch nur einer unter 20 Halbmilliardären.«
»Aber er ist wahrscheinlich der einzige, der dazu noch einen Baronets-Titel trägt. Titel sind zwar Knall und Fall, aber der nackte Name Sarrasin bekommt durch ›Baronet‹ doch einen ganz anderen Klang. Den Titel eines Marquis bekommt man heutzutage nachgeworfen«, sagte Octave weiter, »jedoch ein Baronet von britischem Adel kann nicht jeder werden. Sei ehrlich, Marcel: sehe ich nicht ein wenig nach dekadentem Adel aus?«
»Dekadent schon, aber auch vollkommen vertrottelt. Sag mal, kannst du dir unter einer halben Milliarde überhaupt etwas vorstellen?«
»O ja, das heißt, unser Mathematiklehrer Binóme sagte zu Jahresbeginn immer, eine halbe Milliarde könne man sich eigentlich nicht vorstellen. Man müsse da eine graphische Konstruktion zu Hilfe nehmen, oder sich einen Mann denken, der 1000 Jahre lang jede Minute einen Franc ausgeben kann. Dann weiß man,

was eine halbe Milliarde bedeutet. Und soviel Geld haben wir, die Sarrasins, geerbt!«
»Wenn ich das höre«, sagte Marcel ärgerlich, »eine halbe Milliarde nur zum Privatgebrauch. Mir dreht sich das Herz um. Es gibt nur eine Bestimmung für ein Privatvermögen: die Nation! Gebt Frankreich das ganze Geld, damit die Kriegsschulden bezahlt werden können, auch wenn das Vaterland noch zehnmal mehr braucht!«
»Erzähl das bloß nicht meinem Vater«, sagte Octave, »der ist glatt dazu fähig. Vielleicht ist er schon von selbst darauf gekommen. Dem Staat könnte man das Geld von mir aus schon geben, aber nur leihweise, damit wir wenigstens die Zinsen heraus bekommen.«
»Von höherer Mathematik verstehst du zwar nichts, aber das Kapitalrechnen scheinst du noch nicht verlernt zu haben. Im Grunde ist mir gar nicht wohl dabei, wenn ich dich hier sitzen sehe und an das Geld denke. Pädagogisch gesehen wäre ein kleinerer Nachlaß viel besser für dich. Eine Rente von, sagen wir, 25 000 Pfund für dich und deine Schwester hielte ich für durchaus angemessen. Mehr aber ist von Übel.«
Octave sagte nichts mehr, sondern kratzte sich am Kopf und ging nervös im Zimmer auf und ab.
»Geh am besten hinaus an die frische Luft«, sagte Marcel, »in dem Zustand ist mit dir doch nichts anzufangen.«
Wie wenn Octave auf Marcels Ausgangsgenehmigung gewartet hätte, packte er sofort Hut und Mantel, sprang die Treppen hinunter und war im nächsten Augenblick schon auf der Straße. Aber schon an der nächsten Gaslaterne blieb er wieder stehen, und las noch einmal in dem Brief seines Vaters. Dazu rechnete er mit den Fingern:
»Eine halbe Milliarde ergibt bei mäßigen Diskontsätzen mindestens 25 Millionen Zinsen. Wenn es darauf ankommt, gäbe ich mich ja schon mit einer Million jährlich zufrieden, sogar mit einer halben, notfalls auch mit einer Viertelmillion. Ich weiß schon, was ich mit meiner Leibrente anfangen würde, als Schüler der école centrale bin ich schließlich nicht auf den Kopf gefallen. Mit Geld und dazu mit einem schönen Titel werden sich mir alle Türen öffnen!«
Im Vorübergehen sah er sein Spiegelbild in einem Schaufenster.
»Auf Nimmerwiedersehen, Schüler Sarrasin«, setzte er sein Selbstgespräch fort, »der junge Baronet wird sich nur noch zu

Pferde fortbewegen. Marcel natürlich auch, den werde ich zum Hauslehrer machen. Irgendwie habe ich diese Nachricht ja vorausgeahnt. Man wird mir ohnehin nicht an der Wiege gesungen haben, daß ich mein ganzes Leben über Büchern hocken und am Reißbrett versauern muß.«
Octave war inzwischen unter den Arkaden der Rue de Rivolie entlanggeschlendert, ein Stück die Champs Elysées hinaufgegangen und hatte dann über die Rue Royale den Boulevard Haussmann erreicht. Früher hatte er die aufwendig dekorierten Schaufenster keines Blicks gewürdigt, weil er die ausgestellten Waren in seinen Vorstellungen vom Leben nicht hatte unterbringen können. Jetzt aber blieb er vor jeder Auslage stehen und betrachtete Stoffe, Uhren und Schmuck voll Stolz, als hätte er sie bereits gekauft. Früher hatte ihn der Anblick solcher Reichtümer fast krank gemacht, nun stimmten sie ihn überglücklich, wie sie zum Greifen nahe vor ihm lagen. Und heute schien es ihm, als sei das luxuriöse Café Anglais nur ihm zu Ehren so festlich und pompös beleuchtet.
»Als indischer Baronet«, sagte er vor sich hin, »werde ich natürlich auch meine Besitztümer inspizieren und vielleicht eine hübsche Pagode zu Überpreisen kaufen. Als erstes wird eine Dampfjacht gekauft, dann geht es auf Reisen. A propos Reisen: ich könnte eigentlich nach Douai fahren und meine Mutter mit ein paar Neuigkeiten überraschen. Die Schule? Kann ich ruhig einmal schwänzen. Marcel muß ich wohl Bescheid sagen. Es wird ihm zwar gar nicht passen, daß mir an seiner geliebten Schule so wenig liegt.«
Im nächsten Telegraphenamt kabelte Octave an seinen Freund, daß er gerade abfahren wolle und in zwei Tagen wieder zurück sei. Dann winkte er einer Droschke und ließ sich zum Gare du Nord fahren.
Im Zug spann er weiter an seinen Träumen.
Es war schon 2 Uhr morgens, als Octave zu Hause mit der Nachtglocke Sturm läutete. Überall in dem stillen Viertel von Aubette flogen die Fenster auf.
»Wer ist denn jetzt schon wieder krank geworden?« flüsterte es von einem Fenster zum andern.
»Der Herr Doktor ist verreist!« rief die alte Sprechstundenhilfe aus ihrem Fensterchen im Oberstock.
»Ich bin's bloß, Octave«, sagte der Junge, »kommen Sie herunter und machen Sie mir auf!«

Es dauerte eine Weile, bis Octave ins Haus gelassen wurde. In der Zwischenzeit waren auch seine Mutter und seine Schwester aufgewacht und kamen ihm in ihren Nachtgewändern entgegen.
»Wie siehst du denn aus?« fragte Frau Sarrasin. »Du bist irgendwie anders als sonst.«
»Das wird dich nicht wundern, wenn du diesen Brief von Papa gelesen hast.«
Kaum hatte Frau Sarrasin die Zeilen überflogen, da brach sie in Tränen aus und drückte ihre Kinder an sich. Am liebsten hätte sie die ganze Welt umarmt, die sie schon als Besitz der Familie Sarrasin betrachtete. Als sie den Brief ein zweites Mal durchgelesen hatte, faßte sie sich wieder und beschloß, sämtliche Entscheidungen ihrem Mann zu überlassen, und seine Vorschläge abzuwarten.
Die kleine Jeanne freute sich zwar auch, weil ihre Mutter sich freute, aber den Sinn dieser Zahlen konnte sie nicht begreifen. Sie war glücklich genug in ihrem Leben zwischen strengen Lehrern und zärtlichen Eltern, deshalb konnte sie sich nicht vorstellen, daß es noch besser werden sollte.
Frau Sarrasin hingegen sah sich am Ziel ihrer Wünsche. Mit dem bescheidenen Lebensstil ihres Mannes hatte sie sich nicht immer abfinden können, denn sie fragte sich oftmals, womit eine standesgemäße Ausbildung ihrer Kinder finanziert werden sollte. Sie war keineswegs unzufrieden mit ihrem Mann, und sie hatte sich auch längst daran gewöhnt, daß sie die meiste Zeit an der Seite dieses fleißigen Wissenschaftlers allein war; um so mehr befaßte sie sich mit ihren Kindern, besonders mit Octave, dem sie eine bessere Zukunft als dem Dasein eines kleinen Landarztes voraussagte. Die école centrale war in ihren Augen eine nationale Eliteschule, und so stellte sie sich ihren Sohn bereits als weltberühmten Forscher vor.
Bis zum frühen Morgen schwätzten Mutter und Sohn miteinander, und entwarfen Zukunftspläne, während die kleine Jeanne längst im Sessel eingeschlafen war.
»Von Marcel hast du mir noch gar nichts erzählt«, sagte Frau Sarrasin, bevor sie sich schlafen legte. »Die Neuigkeit wird ihn schließlich auch interessieren.«
»Und ob«, antwortete Octave, »aber mit reiner Freude hat er die Nachricht nicht aufgenommen. Natürlich gönnt er uns das Geld, besonders Papa, den er für einen besonnenen Mann hält.

Stell dir aber vor, mir hat er gesagt, in deinem, Jeannes und meinem Interesse hätte er es lieber gesehen, wenn wir bloß 25 000 Pfund geerbt hätten. Er traut unserem Verstand wohl nicht so ganz.«
»Marcel ist gar nicht so dumm«, antwortete Frau Sarrasin, »manche Leute sind beim Anblick von so viel Geld schon regelrecht übergeschnappt.«
»Wir wollen nicht überschnappen«, sagte Jeanne, die plötzlich aufgewacht war und sich den Schlaf aus den Augen rieb. »Du hast immer gesagt, ich soll auf Marcel hören, jetzt hör auch du auf ihn und sag Papa, er soll das Geld wieder zurückbringen.«

3

Seit der vierten Sitzung des Kongresses für Hygiene fiel Dr. Sarrasin auf, daß ihn alle seine Kollegen mit ausgesuchter Höflichkeit begrüßten. Bis dahin hatte man ihn großzügig übergangen, vor allem der Kongreßvorsitzende Lord Glandover, Ritter des Hosenbandordens, hatte die Anwesenheit des französischen Landarztes geflissentlich übersehen.
Dr. Sarrasin erinnerte sich noch sehr gut daran, wie ihn der Lord bei der Kongreßeröffnung begrüßt hatte. Nicht einmal die Hand hatte er damals aus seinem zugeknöpften Überzieher gezogen, denn er liebte sich überaus in dieser Pose, die zwar nicht sehr bequem ist, aber ein Lieblingssujet britischer Schlachtenmaler. Sein Kopf war von den Strähnen einer Queckenperücke bedeckt, die ein bleiches, rotfleckiges Gesicht wirkungsvoll einrahmte. Lord Glandover bewegte sich, als sei er aus einem einzigen Stück Pappmaché gemacht, selbst mit seinen Augen klapperte er so mechanisch wie eine Schlafpuppe mit Glasaugen.
Jetzt aber knickte der Lord in allen Gelenken ein, als Dr. Sarrasin den Saal betrat. Doch damit nicht genug: er bot dem französischen Arzt sogar einen leeren Platz an seiner rechten Seite an. Im selben Augenblick erhoben sich sämtliche Delegierte von ihren Stühlen.
Dr. Sarrasin strahlte vor Stolz, denn er war überzeugt, die Kongreßteilnehmer hätten in der Zwischenzeit die revolu-

tionäre Bedeutung seines Blutkörperchenzählers erkannt, nachdem sie das Maschinchen anfangs kaum zur Kenntnis genommen hatten. Wie Schuppen fiel es ihm aber von den Augen, als sich der Lord zu ihm herüberbeugte und ihn ansprach:
»Doktor, stimmt es, daß Sie ein hochvermögender Mann sind und nur mit 21 Millionen Pfund Sterling aufzuwiegen sind? Warum haben Sie das nicht gleich angegeben? Ich finde es nicht sehr fair von einem Teilnehmer dieses Kongresses, daß er sein Licht derart unter den Scheffel stellt.«
»Ja, ja«, sagte Dr. Ovidius aus Berlin, der rechts von Dr. Sarrasin saß, »da haben wir ja einen kleinen Rothschild unter uns armen Ärzten.«
»Woher wissen Sie das?« fragte Dr. Sarrasin überrascht.
»Aus diesem Blättchen«, antwortete der deutsche Arzt und reichte die *Daily News* hinüber, »lassen Sie sich die Hand drücken, Sie Glückspilz!«
Auf der Seite *England und die Welt* stand folgende Meldung
Armer Arzt erbt Riesenvermögen. — Die Hinterlassenschaft der Begum Gokool, über die wir an dieser Stelle schon mehrfach berichtet haben, hat endlich den rechtmäßigen Erben gefunden, dank der Bemühungen des Anwaltsbüros Billows, Green und Sharp. Dr. Sarrasin, ein französischer Arzt, über dessen Auftritt auf dem internationalen Kongreß für Hygiene diese Zeitung ebenfalls berichtet hat, ist von Anwalt Sharp als nächster Verwandter des Baronets Jean-Jacques Langevol, des zweiten Gatten der Begum Gokool, ermittelt worden. Zur Anerkennung des Erbanspruchs, der bei den zuständigen Behörden bereits beantragt ist, müssen nur noch ein paar Papiere vorgelegt werden. Neben dem Titel eines Baronets hat dieser französische Wissenschaftler 21 Millionen Pfund Sterling geerbt; bis zur Stunde ist noch nicht bekannt, wie Dr. Sarrasin sein unerwartetes Vermögen anlegen wird.
Dr. Sarrasin las diese Meldung mit recht zwiespältigen Gefühlen. Die Leute sagten zwar seinen Namen, meinten aber sein Geld. Als unbekannter Forscher war er nach Brighton gekommen, mit der beinahe aussichtslosen Hoffnung auf Anerkennung seiner wissenschaftlichen Arbeiten; als berühmter Mann würde er zwar wieder abreisen, aber ohne Würdigung seiner Verdienste, die längst in einem Meer aus Gold und Silber versunken waren. Der Arzt Sarrasin war in den Augen der Kollegen gestorben, der Milliardär hingegen lebte und begann

jetzt erst seinen Aufstieg. Da machte es keinen Unterschied, ob er als Arzt ein Helfer der Menschheit war oder als kropfhälsiger Waldschrat ein Parasit; die öffentliche Resonanz wäre die gleiche.
Dr. Sarrasin brannte darauf, vor dem versammelten Kongreß eine Erklärung abzugeben, um sich selbst ins rechte Licht zu setzen. Voll Ungeduld wartete er das Referat von Dr. Stevenson aus Glasgow über die Erziehung junger Geisteskranker ab, dann bat er Lord Glandover ums Wort. Auf Geheiß des Vorsitzenden mußte die angemeldete Ansprache von Dr. Ovidius vorläufig zurückgestellt werden, denn der Lord wußte aus Erfahrung, daß man reiche Menschen niemals warten lassen soll.
»Meine sehr verehrten Herren«, sagte Dr. Sarrasin, »wäre es allein nach mir gegangen, dann hätte man sich mit der Verbreitung dieser Nachricht noch ein paar Tage Zeit lassen können. Da es nun aber geschehen ist, will ich mich, um die schlimmsten Gerüchte zu verhindern, um eine persönliche Stellungnahme nicht herumdrücken. Die Zeitungsmeldung entspricht insofern der Wahrheit, als ich tatsächlich vollkommen überraschend ein Vermögen von mehreren hundert Millionen Francs geerbt habe, die bei der Bank von England deponiert sind. Ihnen und mir ist es eine Selbstverständlichkeit, daß ein Wissenschaftler die Berechtigung seines Ehrentitels verlöre, wenn er sich als etwas anderes denn als wissenschaftlicher Treuhänder eines solchen Vermögens fühlte (Ovationen). Zur Sache, meine Herren. Dieses Kapital kann nicht mir gehören, sondern einzig und allein dem Fortschritt der Menschheit! (Ein Raunen geht durch den Saal. Zwischenrufe. Vielstimmiger Beifall, der gesamte Kongreß erhebt sich von den Plätzen.) Ihr Applaus überrascht mich ein wenig, meine Herren. Keiner von Ihnen hätte in meiner Lage anders gehandelt, davon bin ich fest überzeugt. Mag sein, daß der eine oder andere denkt, ich würde nur aus verkapptem Egoismus handeln und nicht aus Verantwortungsgefühl für die Allgemeinheit. (Nein, nein.) Es wäre mir auch gleichgültig. Ich erkläre hiermit verbindlich und für alle Zeiten: die halbe Milliarde ist nicht mein Privateigentum, sondern das Grundkapital eines neuen wissenschaftlichen Unternehmens. Ich rufe Sie alle auf, mit mir einen Etat aufzustellen, damit die Geldmittel sinnvoll investiert werden können, denn ich allein fühle mich zu schwach dazu. Werden Sie

alle der Finanzausschuß eines neuen wissenschaftlichen Parlaments!«
Der Kongreß raste. Einige Teilnehmer waren auf die Tische gesprungen. Prof. Turnbull aus Glasgow war dem Herzinfarkt nahe. Dr. Cicogna aus Neapel litt unter Atembeschwerden. Nur Lord Glandover ließ sich zu keiner Exaltation hinreißen, denn er hielt Dr. Sarrasins Verlautbarungen für einen hübschen kabarettistischen Einfall.
Als der Blutdruck des Kongresses wieder auf einen mittleren Wert zurückgefallen war, setzte Dr. Sarrasin seine Rede fort. »Meine Herren, als Spezialisten wissen wir alle, wo wir die Hauptursachen für Frühsterblichkeit und Frühinvalidität zu suchen haben: es sind die erschreckenden hygienischen Bedingungen, unter denen der größte Teil der Menschheit qualvoll dahinvegetiert. Immer mehr Menschen leben dichtgedrängt in Großstädten und nehmen sich in ihren Wohnungen gegenseitig Licht und Luft – die beiden wichtigsten Voraussetzungen der Volksgesundheit. Diese Menschenansammlungen bilden außerdem den geradezu erschreckend günstigen Nährboden für Infektionen und Krankheiten. Wer hier noch widerstandsfähig genug ist, daß er überlebt, trägt immer noch zeitlebens Gesundheitsschäden davon. Dadurch vermindert sich ständig das Bruttosozialprodukt, und der Gesellschaft geht auf diese Weise ein ungeheures Arbeitspotential verloren. Wie sollen wir Ärzte unsere einfachen Patienten aber zu einem gesünderen Leben anhalten, wenn wir nicht selbst mit gutem Beispiel vorangehen? Ich rufe Sie alle auf, all Ihre Erfahrungen und Erkenntnisse einzusetzen und den Plan einer idealen Stadt auszuarbeiten, die modernsten wissenschaftlichen Errungenschaften gerecht wird. Was nützen alle wissenschaftlichen Empfehlungen und Resolutionen, wenn wir nicht in der Lage sind, der Öffentlichkeit ein praktisches Anschauungsmodell vorzuführen? Da ich mir meiner bescheidenen Bedeutung als Fachhygieniker durchaus bewußt bin, kann ich in dieses Unternehmen nichts anderes als mein Kapital einbringen.«
Die Kongreßteilnehmer fuhren wieder von ihren Sitzen hoch, umarmten sich, stürmten zum Rednerpult und trugen Dr. Sarrasin im Triumphzug durch den Saal. Nur mit Mühe konnte sich der Doktor wieder befreien und an seinen Platz retten.
»Jeder von uns«, sprach er weiter, »wird diese Stadt in seiner Vorstellung schon einmal gegründet haben. Wenn wir gleich an

Die Kongreßteilnehmer rasten. Dr. Sarrasin wurde im Triumphzug durch den Saal getragen.

die Arbeit gehen, kann sie in paar Monaten schon aus dem Boden gestampft sein. Dann verschicken wir Einladungen an sämtliche Nationen, lassen ausführliche Pläne und Berichte in allen Sprachen drucken und bieten allen sauberen und ordentlichen Familien Unterkunft, die in ihren Heimatländern keine Arbeit finden können. Daneben schlage ich vor, auch anständige Emigranten bei uns aufzunehmen, deren Talente sich in den meist unhygienischen Gastländern selten voll entfalten können. Und wir werden modernste Schulen errichten, in denen eine hoffnungsvolle Jugend zu moralischer, körperlicher und geistiger Universalbildung erzogen wird, die die Kader für künftige Generationen vollkommener Menschen stellen soll.«
Unter den Ovationen des Kongresses nahm Dr. Sarrasin wieder Platz. Lord Glandover beugte sich zu ihm herüber und sagte ihm ins Ohr:
»Sie sind ja ein ganz gerissener Spekulant! Mit wieviel Rendite rechnen Sie bei dem Unternehmen? Wenn Sie die richtigen Leute als Schirmherren gewinnen können, garantiere ich Ihnen die prächtigsten Bilanzen. Was glauben Sie, wie schnell es unter der Elite der Halb- und Viertelkranken in Mode kommen wird, sich in Ihrer Stadt auskurieren zu lassen! Mir können Sie übrigens gleich ein hübsches Grundstück reservieren.«
Dr. Sarrasin wollte gerade energischen Protest einlegen, da ergriff der Lord das Wort:
»Es ist der größte Erfolg des ohnehin erfolgreichen Kongresses von Brighton, daß ein solcher Gedanke aus dem Geiste der Versammlung geboren wurde. Jetzt, wo die Idee gefaßt und formuliert ist, fragen wir uns etwas verwundert, weshalb sie nicht schon längst in die Tat umgesetzt wurde. Milliarden und aber Milliarden wurden zu luxuriösen Kriegsführungen verschwendet oder auf dem Kapitalmarkt verwirtschaftet, ohne daß jemand daran gedacht hätte, sein Geld in die Volksgesundheit zu investieren. Ich schlage vor, jene Stadt zu Ehren ihres Initiators ›Sarrasina‹ zu nennen!«
Die Zuhörer klatschten begeistert Beifall, Dr. Sarrasin bat jedoch noch einmal kurz um Gehör.
»Lassen wir meinen Namen hier aus dem Spiel. Ich bin auch dafür, daß wir bei der Taufe der Stadt pretiöse griechische oder lateinische Begriffe weglassen, die zu Eigenschaften verpflichten, die man nachher doch nicht vollkommen zeigen kann. Es

wird zwar eine internationale Stadt sein, aber da ich in erster Linie Franzose bin, soll sie ›France-Ville‹ heißen.«
Unmittelbar nach Beendigung des offiziellen Teils des Kongresses begannen die Beratungen über das Projekt, das nach wenigen Tagen auf dem Papier schon realisiert war.

4

Seit dem Abend des 29. Oktober war der Wortlaut der Reden in allen Ecken des Vereinigten Königreiches bekannt, da alle Berichte der großen Presse von den Provinzzeitungen wörtlich nachgedruckt wurden. Mit dem kohlebeladenen Dreimaster *Mary Queen* gelangte am 1. November ein Exemplar des Provinzblattes von Hull nach Rotterdam, wo es auf den einzigen Redaktionstisch der *Echos der Niederlande* flatterte. Der Chefredakteur und Redaktionssekretär in einer Person sah die Meldung aus Brighton, schnitt sie aus und übersetzte sie flugs ins Holländische, worauf ein fixer Niederdeutscher die Meldung ausschnitt und der Redaktion der *Bremer Zeitung* verkaufte. Dort übersetzte man die Nachricht ins Deutsche, formulierte sie ein wenig um und präsentierte sie den Lesern als »Sonderbericht unseres nach Brighton entsandten Korrespondenten«.
Von Bremen nahm die Notiz ihren Weg zum Umbruchtisch der *Norddeutschen Zeitung*, und wurde mit einer seriösen Überschrift auf der zweiten Spalte der dritten Seite nachgedruckt. Im Verlauf des 3. November drang die Neuigkeit bis nach Sachsen-Weimar, und in den frühen Abendstunden wurde ein abonniertes Exemplar dieser Zeitung dem Diener eines gewissen Professors Schultze zu Jena übergeben.
Der Herr Professor saß unterdessen in seinem Arbeitszimmer und knirschte mit beiden Reihen seiner riesigen Zähne. Von Zeit zu Zeit zuckte er mit seinen breiten Schultern oder kratzte sich am Kopf, der trotz seines noch fast jugendlichen Alters von 45 Jahren von der Stirn nach hinten völlig kahl war. Nur ein schmaler flachsfarbener Haarkranz zog sich von den Schläfen seitlich zum Hinterkopf. Seine blauen, ausdruckslosen Augen, die schon manchen Studenten verschreckt hatten, blickten ins Leere. Auf einmal trafen sie die schöne Stutzuhr am

Kamin, die zu der spartanischen Einrichtung gar nicht paßte, und da rief er auch schon mit schneidender Stimme nach seinem Diener.
»Können Sie keine Uhr lesen, Lümmel? Es ist bereits 18 Uhr 55, und meine Post kommt spätestens um 18 Uhr 30. Wenn Sie mir die Post noch einmal 25 Minuten zu spät auf den Tisch legen, fliegen Sie auf der Stelle raus. Verstanden?«
»Wünscht er jetzt sein Abendessen?« fragte der Diener vorsichtig.
»Zum Kuckuck noch einmal! 18 Uhr 55 ist es jetzt, und ich habe noch niemals vor 19 Uhr zu Abend gegessen. Meine Essenszeiten hätten Ihnen in den drei Wochen, die Sie bereits hier sind, längst in Fleisch und Blut übergehen müssen. Machen Sie jetzt, daß Sie rauskommen.«
Der Professor nahm die Post in Empfang und schrieb an seinem Manuskript weiter, das er in den nächsten Tagen in den *Annalen für Physiologie* publizieren wollte. Der Titel seines Aufsatzes lautete: *Warum die Franzosen einer erbmäßig bedingten ständigen Degeneration unterliegen.*
Schlag 19 Uhr erschien der Diener und stellte eine Schüssel mit Würstchen und Sauerkraut und ein Maß Bier auf den Nebentisch. Der Professor ließ augenblicklich die Feder fallen, stürzte sich mit viehischer Gier auf das Sauerkraut, schlang die Würstchen gleich in einem Stück hinunter und grinste zufrieden, während das Bier von seinem Kinn tropfte. Gleich hinterher klingelte er nach dem Kaffee, steckte sich seine Porzellanpfeife an und setzte sich wieder über seinen Artikel.
Kurz vor Mitternacht räumte er das letzte Blatt beiseite, nahm seine Post und ging ins Schlafzimmer hinüber. Im Bett knüpfte er das Kreuzband von seiner Zeitung los und blätterte schon im Halbschlaf darin herum. Plötzlich blieb sein Auge an dem Namen Langevol hängen, der hier im Zusammenhang mit einer sensationellen Erbschaftsangelegenheit genannt war. Lange Zeit dachte er nach, woher ihm dieser Name schon bekannt war, aber er kam und kam nicht darauf. Schließlich warf er die Zeitung aus dem Bett, blies die Lampe aus und schlief augenblicklich ein.
Wie als Beweis für seine Traumtheorie, die er bisher in unzähligen Vorlesungen, Seminaren und Aufsätzen abgehandelt hatte, kehrte diese Frage unausgesetzt in seinen Träumen wieder, und als Prof. Schultze am nächsten Morgen erwachte, rasteten seine Gedanken sogleich bei dem Namen Langevol ein.

Bevor er seinen ersten Pflichten nachkam und die Uhrzeit überprüfte, griff er wieder nach der Zeitung und studierte den Artikel von vorn bis hinten, während er sich unausgesetzt die Stirn polierte. Plötzlich fuhr er hoch, sprang aus dem Bett, ohne die tägliche Ordnung zu beachten – nämlich den geblümten Morgenrock umzuhängen – und nahm ein kleines Porträt neben dem Fenster von der Wand. Kaum hatte er mit seinem Ärmel die verstaubte Rückseite des Bildchens saubergewischt, da kam auch schon ein Name zum Vorschein: Therese Schultze, geborene Langevol.

Am selben Tag noch packte Prof. Schultze die Koffer und setzte sich in den nächsten Schnellzug. Er konnte es kaum erwarten, bis er endlich am 6. November um 7 Uhr morgens auf dem Londoner Bahnhof Charing Cross stand und sich nach der Southampton row erkundigte. Gegen Mittag erreichte er das Anwaltsbüro und wurde in ein Wartezimmer geführt, das durch eine Barriere in eine Hälfte für das Publikum und eine andere für die Angestellten unterteilt war. Auf der anderen Seite der Schranke saßen zwei junge Handlungsgehilfen vor einem Berg von Ordnern und Akten und aßen Käsebrote, das Standardessen der Büroangestellten.

»Einen Augenblick«, sagte der eine zu Professor Schultze.

»Dürfte ich in der Zwischenzeit Ihren werten Namen erfahren?«

»Professor Schultze aus Jena.«

»Und was führt Sie zu uns?«

»Angelegenheit Langevol.«

Der Angestellte ging zur Mündung des Sprachrohres hinüber und meldete den Besucher. Die Antwort kam postwendend, aber für den Besucher nicht hörbar:

»Wenn es wieder einer von diesen Verrückten ist, werfen Sie ihn gleich wieder hinaus.«

»Verrückt scheint er nicht zu sein«, flüsterte der Angestellte, »auch wenn er aus Deutschland kommt.«

»Soll heraufkommen.«

»Zwei Treppen, die erste Tür geradeaus«, sagte der junge Mann und begleitete Prof. Schultze hinaus. Gleich darauf stand er vor einer Polstertür und las das Messingschild mit dem Namen Sharp.

Der Anwalt thronte hinter einem riesigen Mahagonischreibtisch, umgeben von Ledersesseln und Aktenbergen. Er grüßte

»Wenn es einer von diesen Verrückten ist, werfen Sie ihn gleich hinaus!« tönte die Stimme von Mister Sharp aus dem Sprachrohr.

flüchtig, studierte aber gleich wieder in seinen Akten weiter, wie es fast alle Bürokraten tun, um den Besuchern zu bedeuten, wie nichtswürdig sie doch sind im Vergleich zu Arbeiten eines Büros. Nach einigen Minuten endlich sah der Anwalt auf und sprach Prof. Schultze an:
»Fassen Sie sich bitte kurz, meine Zeit ist kostbar, ich kann mich höchstens drei Minuten mit Ihnen unterhalten.«
»Drei Minuten werden Sie vielleicht noch draufschlagen«, antwortete der Professor mit höhnischem Grinsen, »wenn Sie mich und meine Angelegenheit kennengelernt haben.«
»Schießen Sie schon los.«
»Hören Sie gut zu. Ich bin der Enkel von Therese Langevol, der älteren Schwester Jean Jacques Langevols. Meine Großmutter hat im Jahr 1792 meinen Großvater Martin Schultze geheiratet, einen ehemaligen Stabsarzt der braunschweigischen Armee, der 1814 starb. In meinem persönlichen Besitz befinden sich drei Briefe meines Großonkels Langevol an seine Schwester und verschiedene Aufzeichnungen über dessen Rückmarsch nach der Schlacht von Jena und Auerstedt. Außerdem kann ich selbstverständlich sämtliche Urkunden über meine Abstammung vorlegen.«
Der Professor sprach und sprach und war nicht mehr aufzuhalten. Einmal wurde er sanft, dann wieder grob, und im Laufe seiner Rede wurde immer deutlicher, daß es ihm einzig und allein darum ging, dem englischen Anwalt die ungeheuren Vorzüge der germanischen Rasse zu erläutern. Er legte umständlich dar, daß es ihm gar nicht um den Besitz gehe, sondern daß er es nur nicht mit seinem nationalen Gewissen vereinbaren könne, wenn ein solches Vermögen ausgerechnet einem lockeren Franzosen in die Hände falle. Die Erbschaft eines Deutschen hätte er niemals angefochten, da das Geld dann ja wenigstens im Lande geblieben wäre, aber er könne es nicht dulden, daß ein windiges Doktorchen von jenseits des Rheins die Erbschaft dazu benutze, irgendwelche welschen Projekte zu finanzieren.
Der Professor mußte natürlich zugeben, daß auch in seinen Adern ein Quentchen französisches Blut floß. Da er im Gegensatz zu Dr. Sarrasin aber im zweiten Grad von Jean Jacques Langevol abstammte, hielt er seine Ansprüche auf die Erbschaft der Begum rechtlich für weit wichtiger.
Der Anwalt hätte sich vor Vergnügen am liebsten die Hände

gerieben. Die Anfechtung der Erbschaft durch den Professor kam ihm gerade recht. Er sah schon die Aktenberge vor sich anschwellen und damit auch die Provision für seine Firma, und er rechnete sich schon seine Prozente aus für den Fall, daß zwischen Dr. Sarrasin und Prof. Schultze durch seine Vermittlung ein Vergleich zustande käme.
Er legte dem Professor zum Abschluß die Papiere Dr. Sarrasins vor und versuchte ihm klarzumachen, daß seine Aussichten gering seien, einen Zivilprozeß gegen den Franzosen zu gewinnen. Wenn er seine Interessen hingegen auf außergerichtlichem Wege durch das Haus Billows, Green und Sharp vertreten lassen wolle, so erkläre er sich bereit, gegen eine gewisse Aufmerksamkeit die Sache des Professors gegen den Doktor in die Hand zu nehmen. Professor Schultze begriff sofort, was der Anwalt unter Aufmerksamkeit verstand, aber er legte sich in keiner Weise fest, sondern übergab seine Papiere zu einer lediglich unverbindlichen Prüfung. Der Anwalt zeigte sich seinerseits sehr aufmerksam und begleitete den Besucher mit ausgesuchter Höflichkeit zur Tür.
Herr Sharp telegraphierte sofort nach Brighton und bat Dr. Sarrasin zu einer Unterredung. Gegen 17 Uhr stand der Franzose im Anwaltsbüro und hörte sich die Eröffnungen des Anwalts mit erstaunlicher Ruhe an.
»Ich habe zwar einmal etwas von einer Großtante gehört«, sagte er zu Herrn Sharp, »die sich in Deutschland verheiratet haben soll, aber ihren Namen habe ich längst vergessen.«
»Nehmen Sie diese Tante nicht auf die leichte Schulter«, antwortete der Anwalt, »womöglich ist sie der Anlaß zu einem langwierigen Prozeß. Sie können sich natürlich darauf versteifen, daß Sie von dieser Großtante überhaupt nichts gehört haben, und daß es sie deshalb wahrscheinlich nie gegeben hat, aber wir dürfen nicht vergessen, daß Herr Schultze schriftliche Beweise beibringen kann, Briefe von Jean Jacques an Therese. Und wir können heute noch nicht wissen, welche abenteuerlichen Dokumente Herr Schultze aus dem Staub städtischer Archive noch herausfischt. Dieser Professor ist sogar imstande und erfindet auch noch Beweise, wenn es darauf ankommt. Lieber Doktor, richten Sie sich lieber gleich auf einen langen Prozeß ein und glauben Sie nicht, die Entscheidung sei ganz einfach für ein Gericht. Wenn ich es recht betrachte, so stehen die Chancen für beide Parteien etwa gleich, und beide sind wohl

in der Lage, sich die nötigen Bürgschaften und Referenzen zu verschaffen. Ein Prozeß, in dem es um einen ganz ähnlichen Streitfall ging, hat einmal volle 83 Jahre gedauert, Millionen gekostet, Berge von Gutachten und Beweisstücken wurden angehäuft, Sonderausschüsse mußten eingesetzt werden, und dann ging den Parteien auf einmal die Luft und das Geld aus. Wenn Ihr Prozeß vielleicht nur zehn Jahre dauert, können Sie noch froh sein. Ihre halbe Milliarde hat jedenfalls Geduld.«

Dr. Sarrasin hatte zwar ruhig zugehört, denn er dachte sich, daß nichts so heiß gegessen wird, wie man es kocht, dennoch verließ ihn allmählich der Mut. Während sein Vermögen schon fest verplant und in ein Riesenunternehmen investiert wurde, war es nun nicht einmal mehr sicher, ob er es überhaupt bekommen würde.

»Was soll ich jetzt machen?« fragte er.

»Fragen Sie mich etwas Leichteres. Doch ich habe das unbestimmte Gefühl, daß alles zu Ihren Gunsten ausgehen wird. Die englische Justiz ist völlig unvoreingenommen und gewissenhaft, wenn auch nicht allzu flink, das gebe ich zu, dafür ist um so mehr Verlaß auf sie. In ein paar Jahren können Sie ganz bestimmt über den Nachlaß verfügen, wenn Sie, und daran hängt alles, die Berechtigung Ihrer Ansprüche lückenlos und juristisch einwandfrei nachweisen können.«

Ziemlich niedergeschlagen reiste der Doktor aus London ab. Die Aussicht auf einen zeitraubenden Prozeß erschreckte ihn ebenso wie der Gedanke, von vornherein zu verzichten. Der Traum von der Musterstadt war einfach zu verlockend, um ihn einfach zu vergessen.

Wenig später erschien Prof. Schultze auf schriftliche Bitte des Anwalts in der Southampton row.

»Tja, Herr Professor, es sieht nicht sehr gut für Sie aus. Dr. Sarrasin war hier, er zeigte sich ganz entsetzt über Ihren Einspruch, denn er behauptet ganz genau zu wissen, daß es niemals einen deutschen Zweig seiner Familie gegeben hat, weshalb er auch jeden Kompromiß strikt ablehnt. Wenn Sie die Berechtigung Ihres Anspruchs auf die Erbschaft tatsächlich zwingend beweisen können, dann können Sie natürlich gegen Dr. Sarrasin klagen. Dazu überreden will ich Sie keineswegs, denn mich interessiert Ihre Sache mehr aus Liebhaberei als aus beruflichen Gründen. Sehen Sie, ein gewöhnlicher Anwalt würde sich um Sie als Klienten reißen, denn er hat die Aussicht, nicht nur einen Prozeß, sondern gleich zehn hintereinander zu führen, die vielleicht 30 Jahre dauern, mit diesem Zeitraum müßten Sie in diesem Fall schon rechnen. Für mich als Anwalt wäre das ein gefundenes Fressen. Aber ich reiße mich nicht darum. Ich wäre sogar bereit, Sie an einen Kollegen weiterzuempfehlen, von dem ich weiß, daß er Ihre Sache geschickt vertritt. Denn auch in der Wahl seines Anwalts muß man heute mehr als vorsichtig sein. Es ist nicht mehr so wie früher, daß die Juristen sozusagen die Kavallerie im Zivilleben sind. Heute mischen sich allerhand Strauchritter und Spitzbuben unter die ehrlichen Rechtsbeflissenen. Ich sage Ihnen das in aller Offenheit, wenn ich mich auch für meinen Berufsstand schämen muß.«

»Angenommen, der französische Doktor gibt sich mit einem Vergleich zufrieden: was kostet der Spaß?«

»Langsam, langsam«, antwortete der Anwalt, der sichtlich überrumpelt war, »wir stehen jetzt erst am Anfang, da ist die Endabrechnung noch lange nicht in Sicht. Wenn wir Dr. Sarrasin für einen Vergleich präparieren wollen, müssen wir äußerst behutsam vorgehen und uns viel Zeit lassen. Er darf vor allem nicht erfahren, daß Sie sich mit ihm arrangieren wollen. Am besten ist, Sie lassen mir vollkommen freie Hand, ich garantiere Ihnen jede nur mögliche Diskretion.«

»Daran habe ich keinen Augenblick gezweifelt, nur wüßte ich gern möglichst bald, womit ich zu rechnen habe.«

Der Anwalt äußerte aber nicht, wie hoch er die sächsische Freigebigkeit einschätzte, sondern verabschiedete den Professor und rief Dr. Sarrasin zu sich.

Der Doktor schien allmählich all seinen Kampfgeist verloren zu haben. Herr Sharp schlug ihm vor, das Pferd beim Schwanze aufzuzäumen und den Kontrahenten zu einem Vergleich zu überreden. Er sage das nicht als Anwalt, denn jeder andere Kollege hätte aus eigenem Interesse auf einen harten Prozeß gedrängt. Es tue ihm aber persönlich weh, wenn die leidige Angelegenheit nicht ziemlich schnell und geräuschlos aus der Welt geschafft werden könnte.

Dr. Sarrasin war mit allem einverstanden, wenn er bloß seine Pläne nicht aufzugeben brauchte. Er hätte keinesfalls ein Jahr oder gar zehn Jahre warten können; notfalls hätte er sogar einen Geldbetrag hingelegt, nur um möglichst schnell von der

Theorie zur Praxis übergehen zu können. Er überließ Herrn Sharp völlige Handlungsfreiheit und fuhr wieder ab.
Der Anwalt sah bald, daß seine Rechnung aufging. Ein anderer hätte die Kontrahenten vielleicht zu einem Riesenprozeß animiert, der ihm eine dicke lebenslängliche Pension eingebracht hätte. Für langfristige Spekulationen war Herr Sharp aber nie zu haben gewesen, dafür sah er jetzt die einmalige Chance, auf einen Satz einen ganzen Batzen zu verdienen. Am nächsten Tag schrieb er dem Doktor, Herr Schultze sei beinahe schon zum Einlenken bereit, danach sagte er dem Professor, sein Kontrahent habe sich leider wieder auf seine Rechte versteift, schließlich wollte er sogar von einem dritten Anwärter auf das Erbe der Begum gehört haben.
Eine ganze Woche lang trieb der Anwalt sein makabres Spiel. Morgens malte er die Situation in rosigen Farben, abends aber berichtete er von überraschenden Komplikationen. Herr Sharp trieb die Ungeduld seiner Klienten bis zum äußersten, aber er zögerte immer noch, den Köder einzuziehen, weil er fürchtete, der fette Fisch könnte in einem letzten Kraftakt den Faden doch noch zerreißen. Dr. Sarrasin erklärte sich zwar von Anfang an bereit, auf einen Vergleich einzugehen, aber der Anwalt bearbeitete ihn so lange, bis er völlig reif geworden war. Dann deckte er plötzlich die Karten auf und präsentierte den Vergleich auch als Vorschlag der Gegenpartei.
In der Zwischenzeit hatte sich auch noch ein Bankier namens Stilbing in den Handel eingeschaltet und vorgeschlagen, jeder streitenden Partei der Einfachheit halber 250 Millionen Francs auszuzahlen, während er selber die restlichen 27 Millionen als Mindestprovision in Anspruch nehmen wolle.
Dr. Sarrasin war überglücklich, als er von diesem schnellen Geschäftsabschluß hörte, und hätte am liebsten sofort unterschrieben. In der Zwischenzeit war auch Professor Schultze so ausgiebig präpariert worden, daß er das Feld freiwillig räumte und sich ergab. Der gerissene Sharp hatte ihm lange genug eingeredet, daß er bei einem weniger gemütlichen Kontrahenten als Dr. Sarrasin unweigerlich auf Granit gebissen hätte. Der tüchtig eingeschüchterte Professor gab sich zufrieden.
Die Vorgänge waren nun abgeschlossen, Zeugen waren geladen, die Stempelmaschinen in Somerset House waren geschmiert. Die beiden Gegner mußten nur noch ihr Einverständnis unterschreiben, daß die halbe Milliarde halbiert wer-

den sollte, dann erhielt jeder einen Scheck über 100 000 Pfund Sterling, der Rest wurde in Wechseln ausgezahlt, die sofort nach der Erfüllung der gesetzlichen Formalitäten einzulösen waren.

Am Abend nach dem Abschluß dinierte Herr Sharp mit seinem Freund Stilbing im Cobden-Club, stieß mit einem Glas Champagner auf die Gesundheit Dr. Sarrasins und mit dem nächsten auf das Wohlergehen Professor Schultzes an. Als er das dritte Glas erhob, sagte er leise:

»Auf Rule Britannia! Außer uns gibt es ja doch keine vernünftigen Menschen auf der Welt!«

Freund Stilbing zweifelte allerdings an der Vernunft des Anwalts. Wäre es allein nach ihm gegangen, dann hätte man ruhig noch ein bißchen warten und statt 27 ganze 50 Millionen einstreichen können. Zumindest mit dem naiven und leichtgläubigen Dr. Sarrasin hätte man seiner Meinung nach noch ganz anders umspringen können. Von dem Zeitpunkt an, da Prof. Schultze seine Felle allmählich davonschwimmen sah, hatte er sich übrigens ebenfalls gewundert, daß sich der Anwalt ein mögliches Riesengeschäft einfach hatte durch die Lappen gehen lassen.

Der Professor hatte zufällig erfahren, daß sein Gegner eine hygienisch einwandfreie französische Stadt bauen wollte, um eine gesunde und leistungsfähige Jugend heranzuzüchten. Sollte der Doktor sein Programm tatsächlich ausführen und sollten seine Züchtungsmethoden Erfolg haben, dann würde es für den Professor an der Zeit sein, gegen die Pläne des Franzosen einzuschreiten. Nach den Theorien des Jenaer Dozenten für Chemie und vergleichende Physiologie war es die Bestimmung der germanischen Rasse, alle anderen Rassen, besonders die romanische, aufzusaugen. Er, Professor Schultze, fühlte sich von der Vorsehung dazu berufen, die deutsche Weltordnung zu verteidigen und den Aufstieg einer anderen Nation mit allen zu Gebote stehenden Mitteln zu verhindern. Seinem Widersacher hatte er immerhin schon das halbe Kapital abluchsen können.

Professor Schultze malte sich schon eine Maschinerie aus, mit der die Nationen ins Joch zu zwingen waren, die sich dem Anschluß an das Deutsche Reich und die deutsche Art widersetzen sollten. Daneben wollte er Einzelheiten des Sarrasinschen Projekts kennenlernen, er verschaffte sich deshalb den

Eintritt zum Kongreß für Hygiene und hörte sich gewissenhaft alle Reden an.
Beim Verlassen des Sitzungssaals hörten Dr. Sarrasin und ein paar andere Delegierte plötzlich Professor Schultze von einer Festungsstadt sprechen, die in der Nähe von France-Ville errichtet und die Expansion der benachbarten Idealstadt streng kontrollieren sollte, um den hochgezüchteten Ameisenstaat im Keim zu ersticken.
»Ich garantiere Ihnen«, sagte er zum Schluß, »daß wir mit Ihnen ein Exempel statuieren werden, das die Welt so schnell nicht wieder vergißt!«
Dr. Sarrasin wußte nun, mit welchem Gegner er zu rechnen hatte. Er setzte auch Marcel davon in Kenntnis, als er ihn einlud, am Aufbau von France-Ville teilzunehmen.
»Wir werden nicht nur energische und dynamische Männer brauchen und ausgezeichnete Wissenschaftler, sondern auch Leute, die entschlossen sind, unsere hygienischen Errungenschaften zu verteidigen«, schrieb er am Schluß.
Die Antwort Marcels kam postwendend.
»Lieber Herr Doktor, wenn ich Ihnen auch bei der ersten Aufbauphase der Stadt nicht helfen kann, so verspreche ich Ihnen, zu gegebener Stunde auf meinem Posten zu sein. Diesen Herrn Schultze werde ich mir einmal näher ansehen müssen, nachdem Sie mir ihn so treffend geschildert haben. Als Elsässer habe ich die heilige Pflicht, mich um ein so finsteres Subjekt zu kümmern. Sollten Sie auch einmal monate- oder jahrelang nichts mehr von mir hören, machen Sie sich keine Sorgen, ich kenne nur ein Ziel, wo immer ich auch sein werde: für Sie zu arbeiten und damit für Frankreich.«

5

Fünf Jahre später, an einem Novembermorgen, wanderte ein kräftiger junger Arbeiter mit Schaftstiefeln und Matrosenkittel eine Landstraße im Süden des amerikanischen Bundesstaates Oregon entlang. Die Landschaft um ihn, etwa 40 km von der Küste entfernt, sah aus wie eine schmutzig gewordene Schweiz. Zerklüftete Bergriesen ragten in den Himmel, dazwischen la-

gen die Täler aber nicht in friedlicher Ruhe. Dumpfe Hammerschläge hallten von den Wänden wider und der Boden erzitterte unter fernen Explosionen. Hinter einem Schleier von Rauch und Staub wirkten die Gebirgszüge wie Theaterkulissen, die eine gigantische Theatermaschine schon im nächsten Augenblick herunterreißen kann.
Makadam-Straßen führten an den Hängen entlang, Schlakkenhaufen schillerten hinter schmutziggelben Büschen, hie und da gähnten Schachtöffnungen, deren Ränder vom Regen eingerissen und von Brombeersträuchern halb zugedeckt waren. Weiter im Norden öffneten sich die Bergflanken und gaben eine Ebene frei, ein Gelände von ungefähr 100 km² , das bis 1871 allgemein »Rote Wüste« hieß wegen der Farbe des eisenoxydhaltigen Untergrundes, seit einiger Zeit aber als »Stahlfeld« bekannt war.
Der junge Wanderer stieß zunächst auf einen Ring von 18 Arbeitersiedlungen, die sich glichen wie ein Ei dem anderen, denn sie waren samt und sonders aus Fertigbauteilen errichtet. Inmitten der Siedlungen waren durch die rauchgeschwärzte Luft die Konturen eines unabsehbaren Gebäudekomplexes mit roten Dächern und regelmäßig angeordneten Fenstern zu erkennen. Darüber reckte sich ein Gewirr zylindrischer Schlote, aus denen dicke, rußige Wolken quollen. Manchmal spiegelte sich für einen kurzen Augenblick ein rötlicher Feuerschein im wirbelnden Qualm, und der Wind trug mit Asche und Kohlestaub dumpfes Donnerrollen herüber.
Der junge Mann blieb stehen, als er die berühmte deutsche Stahlstadt vor sich liegen sah. Hier residierte also der berüchtigte Ex-Professor Schultze über sein Kanonenimperium, das neben Deutschland die Türkei, Rußland, Rumänien und Japan zu seinen wichtigsten Kunden zählte. 30 000 deutschblütige Arbeiter förderten hier Kohle und Erz, erzeugten Gußstahl und fertigten Kanonen in jedem gewünschten Kaliber, mit glatten oder gezogenen Rohren, mit starrer oder fahrbarer Lafette.
Es war bekannt, daß Schultze weit größere Kanonen produzierte als die Engländer und Franzosen und sogar größere als Krupp in Essen. Seine Geschütze verschossen aber nicht nur die dicksten Kaliber, sondern sie waren auch beinahe wartungsfrei. Noch nie hatte man davon gehört, daß eine Stahlstadt-Kanone zersprungen war. In Stahlstadt verarbeitete man

Hier residierte also der berüchtigte Ex-Professor Schultze über sein Kanonenimperium.

offensichtlich eine neuartige Legierung, deren Zusammensetzung streng geheim gehalten wurde.
Der Neuankömmling war sich darüber im klaren, daß der Hoheitsbereich der demokratischen Vereinigten Staaten an den Mauern von Stahlstadt endete. Dennoch ging er gutgelaunt auf das große Tor zu und überreichte dem Wachtposten eine vorgedruckte Legitimation.
»Ihr Schein gilt ausschließlich für den Bereich von Werkmeister Seligmann, Sektion K, 9. Straße, Werkstatt 743«, sagte der Unteroffizier. »Sie gehen bis zum Schild an der Mauer entlang und melden sich dann beim Wachtposten. Sie wissen hoffentlich, was passiert, wenn Sie sich in eine andere Sektion verlaufen. Fristlose Entlassung.«
Der junge Mann marschierte an dem streng bewachten Festungswall entlang. Auf der linken Seite, in Richtung Stahlstadtzentrum, entdeckte er hinter einer Anzahl von Gebäuden und einem Schienenstrang eine zweite Mauer. Der Plan von Stahlstadt war jetzt leicht zu erkennen. Der kreisförmige Grundriß war in einzelne Sektoren aufgeteilt, die voneinander unabhängig und jeweils gesondert ummauert waren.
Nach einiger Zeit tauchte eine Tafel mit dem Buchstaben *K* auf, und als sich der junge Arbeiter nach links wandte, sah er ein zweites *K*, das in die Fassade über einem Tor hineingemeißelt war. Ein Wachmann winkte ihn zum Pförtnerhäuschen, es war kein Soldat, sondern ein Krüppel mit Holzbein und Orden auf der Brust. Er drückte einen Stempel auf den Schein, dann zeigte er ihm den Weg zum Innern des Sektors.
Der junge Mann folgte einer Straße, die in den Sektor hinein und damit zum Mittelpunkt des Kreises führte. Zu beiden Seiten der Straße standen riesige Fabrikhallen, in denen Maschinen dröhnten, daß es ihm in den Ohren schmerzte.
Fünf Minuten später stand er in der 9. Straße im Büro der Werkstatt 743, in dem der Werkmeister Seligmann inmitten von Ordnern und Listen residierte. Er nahm die Papiere des Neuen entgegen und las sie peinlich genau durch.
»Als Puddler hat man Sie angestellt?« schnauzte er den Neuen an. »Sie sehen noch verdammt jung aus.«
»Ich bin immerhin 26 und habe schon 7 Monate als Puddler gearbeitet. Auf meine Zeugnisse hin bin ich in New York ohne weiteres eingestellt worden.«
»Sie sind hier nicht in New York, sondern auf reichsdeutschem

Boden. Sagen Sie mal, was reden Sie eigentlich für einen seltsamen Dialekt? Man könnte meinen, Sie seien Elsässer.«

»Ich bin Schweizer aus Schaffhausen. Hier ist mein Paß.«

Er zeigte seinen Reisepaß vor und sein Wanderbuch.

»Ihre Papiere sind immerhin in Ordnung, und wenn man Sie eingestellt hat, kann ich nichts dagegen unternehmen. Ich zeige Ihnen jetzt Ihren Arbeitsplatz.«

Zunächst trug er den Namen Johann Schwartz auf einer Liste ein, dann notierte er etwas auf dem Aufnahmeformular und übergab dem jungen Arbeiter eine blaue Karte mit Namen und der Nummer 57 938.

»Morgens Punkt 7 Uhr stehen Sie am Tor K, zeigen Ihre Karte vor, nehmen aus einem Korb in der Pförtnerloge eine Marke mit Ihrer Matrikelnummer und zeigen Sie mir dann vor. Bei Feierabend um 19 Uhr werfen Sie Ihre Marke in einen Kasten am Eingang zur Werkstatt, der nur um diese Zeit benutzt werden kann.«

»Das System kenne ich schon. Kann ich hier irgendwo wohnen?«

»Ihr Quartier müssen Sie sich außerhalb suchen, aber ein verbilligtes Mittagessen bekommen Sie in der Kantine. Als Anfangslohn wird Ihnen ein Dollar pro Tag ausgezahlt, mit jedem Vierteljahr steigt Ihr Einkommen um 20 %. Wir kennen hier nur eine einzige Strafe: die Entlassung. Ich kann sie ohne weiteres verfügen. Wenn Sie Ihre Entlassung anfechten wollen, ist der Ingenieur dafür zuständig. Wann wollen Sie anfangen?«

»Sofort.«

»Dann wird Ihnen aber nur ein halber Arbeitstag angerechnet«, sagte Werkmeister Seligmann, während er mit Schwartz auf den Hof hinausging, und ihn gleich darauf in die Werkhalle führte. Die Halle ähnelte in ihrer Konstruktion der Empfangshalle eines Bahnhofs, aber an ihre Ausmaße mußte sich Schwartz erst gewöhnen.

Zwei Reihen von jeweils 50 Puddelofenkaminen ragten auf jeder Seite bis zur verglasten Decke und mündeten dort ins Freie. Lokomotiven zogen Waggons mit Gußeisenbarren bis zum Beginn der Ofenreihe, und auf der anderen Seite wurde der fertige Stahl auf leere Waggons verladen.

Vor jedem Ofen standen schweißtriefend die Puddler und rührten das weißglühende Gußeisen, teilten die Masse nach

Vor jedem Ofen standen schweißtriefend die Puddler und rührten das weißglühende Gußeisen.

einiger Zeit in vier Luppen auf und gaben sie Stück für Stück an die Schmiedegehilfen weiter.
Zu jedem Puddelofen gehörte ein dampfgetriebener Fallhammer, den ein Zangenmeister kommandierte. Durch Blechgamaschen, Lederschürze und eine Gesichtsmaske vor der Hitze geschützt, dirigierten diese Arbeiter mit langen Zangen die ankommenden Luppen unter den Hammer, der unter einem Funkenregen sämtliche Schlacken und Schmutzteile aus dem Metall herauspreßte. Die Luppen wurden dann noch einmal in die Öfen befördert, nochmals erhitzt und wieder unter dem Hammer bearbeitet.
Überall drehten sich Transmissionen, liefen endlose Treibriemen, prasselten Funken, donnerten Hammerschläge, und der Widerschein der Öfen blendete die Augen. Der Neue benahm sich, als sei ihm dieser Lärm längst vertraut, zog seine Matrosenjacke und sein Hemd aus, spannte seine imponierenden Muskeln an und rührte gleich im ersten besten Ofen herum. Der Werkmeister sah ihm eine Weile zu, dann ging er in sein Büro zurück.
Bis zur Mittagspause schuftete Schwartz wie ein Wilder, aber aus irgendeinem Grund wurde ihm plötzlich schwarz vor Augen. Vielleicht hatte er nicht ausgiebig gefrühstückt. So sehr er seinen Schwächeanfall auch zu verbergen suchte, der Brigadeführer hatte ihn schon beobachtet.
»Sie sind doch kein Puddler«, sagte er, »suchen Sie sich möglichst schnell einen anderen Job, sonst müssen Sie hierbleiben ob Sie wollen oder nicht.«
»Natürlich bin ich gelernter Puddler«, sagte Schwartz, »ich bin die Arbeit im Moment nur nicht mehr gewohnt, aber das gibt sich schnell wieder.«
Er konnte den Brigadeführer allerdings nicht daran hindern, einen Bericht über den Vorfall an den Oberingenieur zu schreiben. Gleich darauf mußte sich Schwartz mit seinen Papieren dort vorstellen.
»In Brooklyn, sagen Sie, haben Sie gepuddelt?« fuhr ihn der Oberingenieur an.
»Ich habe gar nicht gepuddelt«, gestand Schwartz mit gesenktem Blick, »sondern nur als Gießer gearbeitet. Ich dachte mir nur, als Puddler kann ich mehr verdienen.«
»Es ist doch immer das gleiche mit euch jungen Hitzköpfen. Mit 25 wollt ihr fertigbringen, was kaum ein Dreißigjähriger

Dampfgetriebene Hammerwerke krachten, die Zangenmeister brüllten ihre Kommandos.

schafft, nur um mehr Geld einzustreichen. Können Sie denn wenigstens gießen, oder haben Sie dabei auch nur zugeschaut?«
»Zwei Jahre lang war ich in der ersten Gießerklasse.«
»Dann kommen Sie hier in die dritte, und Sie können noch froh sein, daß ich Sie nicht gleich hinauswerfe.«
Der Oberingenieur schrieb etwas auf den Schein des jungen Arbeiters und füllte eine Meldung aus.
»Sie geben jetzt Ihre Marke ab und marschieren sofort zum Sektor O. Dort melden Sie sich beim Oberingenieur, er weiß schon Bescheid.«
Im Sektor O wiederholte sich die gleiche Prozedur wie vorher. Der zuständige Werkmeister wies ihn in die Gießerei ein, in der die Arbeit wesentlich geräuschloser vor sich ging als in der Puddelhalle.
»In unserer kleinen Abteilung werden nur 42pfünder gegossen«, sagte der Werkmeister. »Zum Guß der größeren Kaliber sind nur Arbeiter der ersten Klasse zugelassen.«
Die Gießerei war etwa 150 m lang und 65 m breit und beherbergte ungefähr 600 Schmelztiegel; jeweils 4, 8 oder 12 gehörten zu einem Ofen an der Längsseite der Halle.
In der vertieften Mitte der Halle waren die Gießformen eingelassen, hintereinander von einem Ende der Halle zum anderen. An der Gießgrube entlang führte ein Eisenbahngleis, auf dem ein riesiger Kran hin- und herfuhr und seine Lasten in alle Richtungen versetzen konnte. An der einen Schmalseite der Gießerei wurden die Gußstahlblöcke auf Waggons herangefahren, und an der anderen transportierten schwere Züge die fertigen Kanonen wieder weg.
Schwartz kannte das Gießverfahren zwar aus langer Erfahrung, was er hier aber an Arbeitsdisziplin sah, übertraf seine kühnsten Vorstellungen von deutscher Zucht und Ordnung.
Vor Beginn des Gießens stellten sich die Arbeiter, immer zwei von gleicher Körpergröße, zusammen in einer Linie auf. Auf ein Glockensignal marschierten sie im Gleichschritt. Zwei Mann trugen jeweils einen Stahlbarren waagrecht auf der Schulter zu den entsprechenden Öfen. Auf einen Pfiff des Brigadechefs, der mit der Stoppuhr in der Hand an der Gießform stand, hievte das erste Paar einen Schmelztiegel mit der Zange aus dem Feuer. Beim zweiten Pfiff kippten die Arbeiter den Inhalt ihres Tiegels in die vorgeschriebene Rinne, die zur Guß-

Ein riesiger Kran schob sich auf Eisenbahngeleisen vor der Gießgrube hin und her.

form führte, und stellten den leeren, noch glühenden Tiegel in eine Wanne. Die nächste Gruppe arbeitete mit der gleichen Präzision wie die erste und so ging es weiter, bis auch der letzte Schmelztiegel auf die Zehntelsekunde pünktlich entleert war, um eine gleichmäßige Gußqualität zu sichern. Mit einem Präzisionsmetronom hätte der Ablauf des Gießvorgangs nicht exakter gesteuert werden können. Der Taktschlag schien den Gießern durch die jahrelange Gewöhnung schon in den Knochen zu stecken.

Schwartz fand sich mit der Disziplin schnell zurecht. Er wurde einem gleichgroßen Kollegen zugeteilt, mit dem er ein weniger wichtiges Werkstück zu bearbeiten hatte. Der Brigadeführer sah ihm aufmerksam zu, holte ihn später zu sich und versicherte ihm, daß er bei seinen Leistungen bald aufsteigen könne.

Nach Feierabend ging Schwartz sofort zum Gasthaus, in dem er seine Reisetasche zurückgelassen hatte und schaute sich nach einer Unterkunft um. In einer der Siedlungen, die ihm schon am Morgen aufgefallen waren, fand er bei einer ordentlichen Frau ein Quartier.

Während seine Kollegen beim Bier im Wirtshaus saßen, schloß sich Schwartz in seinem möblierten Zimmer ein und besah sich im Schein der rußenden Lampe ein Stahlstück und einen Tonbrocken, die er heimlich mitgenommen hatte. Dann zog er ein dickes Heft aus seiner Tasche, blätterte in den mit Formeln vollgeschriebenen Seiten und trug schließlich, auf Französisch und in Geheimschrift, folgenden Bericht ein.

Stahlstadt, 10. November.

Im Puddelprozeß kann das Geheimnis nicht liegen. Man verfährt hier nach der Chernoffschen Methode und erhitzt die Masse beide Male auf verschiedene, verhältnismäßig niedrige Temperaturen. Gegossen wird nicht viel anders als bei Krupp, nur verfährt man hier noch weit präziser als bei der Essener Firma. Eine derart mechanische Arbeitsdisziplin können wohl nur Deutsche einhalten, die von Natur aus geborene Musiker, besonders Pauker, sind. Die Engländer werden es in dieser Richtung nie zu etwas bringen, weil sie kein Ohr für die Musik haben und keinen Sinn für Drill. Den Franzosen dürfte es dagegen nicht allzu schwer fallen, ähnlich disziplinierte Gießer hervorzubringen, denn die Franzosen haben Takt und gelten nicht ohne Grund als die besten Tänzer der Welt. Es ist auch nicht anzunehmen, daß die legendäre Qualität der Stahlstädter Kanonen von der außergewöhnlichen Güte der Rohstoffe herrührt. Das verwendete Erz unterscheidet sich nicht wesentlich von den bei uns gebräuchlichen Eisenarten, auch die Kohle ist nicht besser als anderswo. Auch wenn Prof. Schultze nur Rohstoffe von allerhöchster Reinheit anfahren läßt, können seine Produkte mit dem gleichen Ausgangsmaterial überall hergestellt werden. Falls es gelingt, die Zusammensetzung des Tons zu analysieren, aus dem die Tiegel und Gußformen gemacht sind, und falls sich unsere Gießer ebenso drillen lassen wie die deutschen, ist nicht einzusehen, weshalb wir nicht die gleichen hervorragenden Resultate erzielen sollen wie dieser Schultze.

Was in den übrigen 22 Sektoren vor sich geht, und was in der Planungs- und Entwicklungsabteilung ausgebrütet wird, ist bis zur Stunde allerdings nicht bekannt. Über die Art und das Ausmaß der Gefahren, die meinen Freunden drohen, kann ich deshalb heute überhaupt noch nichts aussagen.

Schwartz war zu müde, um noch weiterzuschreiben. Er zog sich rasch aus und versuchte, sich in dem typisch deutschen unbequemen, schmalen Bett zurechtzulegen. Dabei nahm er nochmals ein altes Buch in die Hand und steckte sich eine Pfeife an, dann legte er die Schwarte weg und döste vor sich hin.

Bevor er einschlief, sah er plötzlich Dr. Sarrasin vor sich, und in seinen Träumen assoziierte er gleich dessen Tochter Jeanne, die in all seinen Vorstellungen auftauchte, als habe Johann Schwartz alias Marcel Bruckmann auf nichts anderes als auf eine neue Bestätigung der traumpsychologischen Theorien Stuart Mills gewartet.

6

Die Bergmannswitwe Bauer, bei der sich Marcel eingemietet hatte, eine gebürtige Schweizerin, bekam aus Stahlstadt eine Jahresrente von nur 30 Dollar und mußte deshalb ihren 13-jährigen Sohn Carl ins Bergwerk schicken. Der Junge hatte unter Tage die Luftklappen zu bedienen, die beim Passieren der Loren geschlossen und geöffnet werden mußten, um eine gleich-

mäßige Belüftung der Stollen zu garantieren. Der Weg von der Zeche Albrecht zu dem Häuschen seiner Mutter war jedoch so weit, daß der Junge abends im Schacht blieb und die Grubenpferde hütete, wenn der Stallknecht Feierabend hatte. Er schlief jede Nacht neben den Pferden auf dem Stroh, nur sonntags morgens fuhr er für ein paar Stunden hinauf und ließ sich von der Sonne und seiner Mutter verwöhnen.
Wenn er dann völlig verdreckt und rußbedeckt nach Hause kam, steckte ihn seine Mutter gleich in die Wanne und seifte ihn kräftig ab. Dann erst durfte er das von seinem Vater geerbte grüne Sonntagsmontürchen anziehen. Frau Bauer sah ihr Söhnchen jedesmal stolz und zufrieden an, obwohl Carl für sein Alter viel zu bleich und zu schmächtig war. Hätte man Dr. Sarrasins Blutkörperchenzähler an seine Arterien angeschlossen, wäre sehr rasch zu erkennen gewesen, daß der Junge an organischen Unterfunktionen litt, die von Licht- und Luftmangel herrührten.
Zu Hause saß Carl am liebsten mit seiner Mutter an einem großen quadratischen Tisch in der Mitte des Wohnzimmers und heftete alle Arten von Ungeziefer auf ein Stück Pappe. Er hatte sehr bald entdeckt, daß sich in der gleichmäßigen Temperatur des Schachtes Tiere und Pflanzen entwickelten, von denen man sich über Tage kaum eine Vorstellung machen kann. Sein vorgesetzter Ingenieur mit Namen Maulesmühle, ein Insektenfanatiker, hatte ihm für jedes Exemplar einer noch unbekannten Art einen halben Taler versprochen. Während Carl in die hintersten Ecken der Grube kroch, packte ihn selbst die Sammlerleidenschaft.
Er begnügte sich jedoch nicht mit Spinnen und Kellerasseln. Mit zwei Fledermäusen und einer verirrten Feldratte hatte er sich richtig angefreundet, und er zog sie sogar den Grubenpferden vor.
Seiner Mutter mußte er wieder und wieder vom Schacht erzählen, denn sie war noch nie hinuntergefahren, hatte aber unzählige Male und einmal vergeblich am Schachtausgang auf ihren Mann gewartet. Unter der Woche brauchte sie nur auf die Uhr zu schauen, um zu wissen, welche Schicht nun vor Ort war, und ob ihr Sohn die Luftklappen bediente oder die Pferde bewachte.
»Stell dir vor«, sagte Carl eines Sonntags zu seiner Mutter, »der Ingenieur Maulesmühle hat mir versprochen, daß ich bei

der nächsten Schachtvermessung die Meßkette halten darf, wenn ich in den nächsten Tagen ein paar Rechenaufgaben lösen kann. Wenn mir aber keiner das Rechnen beibringt, dann nimmt mich der Ingenieur bestimmt nicht zum Vermessen mit.«

»Wenn du mir sagst, wo es bei dir hapert«, sagte Marcel plötzlich, der am Kamin saß (das war in der Miete inbegriffen) und qualmte, »dann gebe ich dir ein paar Nachhilfestunden.«

»Machen Sie keine Witze«, meinte Frau Bauer. »Was haben denn Sie mit höherer Mathematik zu tun?«

»Sie glauben vielleicht, ich gehe abends zum Biertisch, aber das stimmt nicht. Ich bin in der Volkshochschule von Stahlstadt eingeschrieben.«

Marcel holte ein leeres Heft aus seinem Zimmer, setzte sich neben den Jungen und fragte ihn wie Sokrates so lange aus, bis Carl auch die kompliziertesten Rechengesetze begriffen hatte. Frau Bauer wunderte sich sehr über die verborgenen Fähigkeiten ihres Untermieters, und die beiden Burschen wurden mit und über der Rechenkunst Freunde.

Marcel stieg nicht nur im Ansehen seiner Wirtin, sondern auch in der Hierarchie der Gießerei. Nach wenigen Wochen schon wurde er zum Gießer erster Klasse befördert. Auch in den Abendkursen in Geometrie und technischem Zeichnen machte er beachtliche Fortschritte. Bald war er nicht nur im Sektor O, sondern in ganz Stahlstadt als technisches Genie bekannt, und sein Vorgesetzter stellte ihm zum ersten Quartalsende ein glänzendes Zeugnis aus.

Schwartz, Johann, 26, Gießer 1. Klasse.

An die Stabsabteilung des Arbeitsdienstes.

Wir empfehlen diesen jungen Gießer an die leitenden Herren weiter, weil er sich durch ein außergewöhnliches theoretisches Wissen und durch ein hervorragendes praktisches Geschick ausgezeichnet hat.

Der Oberingenieur des Sektors O.

Marcel freute sich zwar sehr über die Anerkennung, aber Tag um Tag verging, ohne daß sich an seinen Arbeitsbedingungen etwas geändert hätte.

Eines Sonntagmorgens wollte er gerade zu dem kleinen Carl hinübergehen, um mit ihm Mathematik zu treiben, da fand er Frau Bauer in heller Aufregung. Carl war noch nicht nach Hause gekommen, obwohl es bereits 10 Uhr war. Marcel er-

klärte sich bereit, nach Stahlstadt hinüberzugehen und nach Carl zu fragen. Einige Kumpels kamen ihm entgegen, er fragte sie alle, ob sie etwas von dem kleinen Grubenjungen wüßten. Sie riefen aber nur Glück auf! und eilten nach Hause.
Als er um 11 Uhr die Zeche Albrecht erreichte, fand er am Schachteingang nur den Stempler, der Sonntagsdienst hatte und mit einer jungen Kohlensortiererin schäkerte, die im Schacht euphemistisch *Modistin* hieß.
»Ist Nr. 41 902, Carl Bauer, schon herausgekommen?« fragte Marcel.
Der Stempler sah in seiner Anwesenheitsliste nach und verneinte.
»Kann er auch durch einen anderen Schachtausgang ausgefahren sein?«
»Er muß hier durchkommen, der Nordschacht ist noch nicht fertig.«
»Dann ist der Bub noch im Berg.«
»Das würde mich doch sehr wundern«, sagte der Stempler, »denn am Sonntag ist außer fünf Wachen niemand im Schacht.«
»Dann muß ich unbedingt einfahren.«
»Nur mit Genehmigung.«
»Wo bekomme ich die? Ich muß unbedingt in den Berg und nach dem Jungen suchen.«
»Gehen Sie ins Büro hinüber, wenn Sie Glück haben, ist der Maschinenmeister noch da.«
Der Maschinenmeister saß tatsächlich noch in vollem Sonntagsstaat mit einem Stehkragen steif wie Blech über seinen Büchern und machte den Wochenabschluß. Auf Bitten Marcels war er sogar bereit, selbst mit in den Schacht einzufahren.
»Haben Sie keine Atemgeräte hier?« fragte Marcel.
»Doch, gut, daß Sie mich daran erinnern.«
Der Maschinenmeister nahm zwei Zinkbehälter aus dem Schrank, deren Preßluftinhalt mit Gummischläuchen eingeatmet werden konnte. Die Nase mußte dabei mit einer Holzklammer zugedrückt werden.
Dann kletterten der Maschinenmeister und Marcel in den Förderkorb. Die Räder begannen sich zu drehen, und die Taue schnurrten über die Rollen. Zwei elektrische Lämpchen warfen einen nur schwachen Schein auf die Schachtwände.

»Für das erste Mal halten Sie sich ja ganz tapfer«, sagte der Maschinenmeister zu Marcel. »Ich habe schon Fälle erlebt, da sind Besucher oben wieder ausgestiegen, oder sie haben sich blaß und zitternd in einen Winkel des Förderkorbes verkrochen.«
»Das könnte mir nicht so leicht passieren. Außerdem bin ich schon zwei- oder dreimal in den Berg eingefahren.«
Die Wache an der Schachtsohle hatte Carl überhaupt noch nicht zu Gesicht bekommen. Im Stall hingen zwar Carls Brotbeutel und sein Rechenheft an der Wand, aber von ihm selbst zeigte sich keine Spur. Seine Grubenlampe hing allerdings nicht am gewohnten Platz, der Junge mußte demnach noch im Berg sein.
»Ich fürchte, der ist verschüttet worden«, sagte der Maschinenmeister. »Was sucht er aber auch am Sonntag im Berg, wenn nicht gehauen wird?«
»Wie ich ihn kenne«, antwortete Marcel, »macht er bestimmt wieder Jagd auf Grubeninsekten.«
»Das glaube ich auch«, sagte der Pferdeknecht, »schon heute früh um 7 Uhr ist er mit der Laterne weggegangen.«
Der Maschinenmeister pfiff nun die gesamte Wachmannschaft herbei und teilte jeden für die Suche in einem bestimmten Abschnitt des Bergwerks ein.
Zwei Stunden später trafen alle sieben Männer wieder an der Schachtsohle zusammen. Keiner hatte den Jungen gesehen, aber von einem Einbruch hatte man auch nichts bemerkt. Der Maschinenmeister wollte schon wieder nach oben fahren, weil er meinte, der Junge sei wahrscheinlich in der Zwischenzeit längst nach Hause gegangen, als Marcel auf dem Grundrißplan des Bergwerks ein paar gestrichelte Linien entdeckte.
»Was ist das?« fragte er den Maschinenmeister.
»Tote Stollen«, antwortete der, »dort wird schon seit Jahren nicht mehr gehauen.«
»Nichts wie hin!« rief Marcel.
Der Suchtrupp machte sich gleich auf den Weg. Bald drangen die Männer in verlassene Gänge ein, deren feuchte Wände über und über mit Schimmelpilzen bedeckt waren. Nach einiger Zeit hielt Marcel plötzlich an.
»Spüren Sie das auch?« fragte er seine Begleiter. »Mir zieht es in allen Knochen, und mein Schädel tut weh. Hier stimmt irgend etwas nicht mit der Luft.«

Zusammengekrümmt, kalt und starr lag der kleine Carl am Boden.

Mit Erlaubnis des Maschinenmeisters steckte Marcel ein Streichholz an und hielt es nach unten. In Bodennähe ging das Flämmchen aus.
»Da haben wir's«, sagte Marcel. »Am Boden hält sich eine Schicht Kohlensäure. Wer kein Atemgerät hat, muß sofort zurückgehen.«
Marcel und der Maschinenmeister klemmten sich das Mundstück ihrer Atemschläuche zwischen die Zähne, drückten ihre Nase mit der Klammer zu und marschierten vorwärts.
Mehrmals mußten sie umkehren und frische Luft auftanken. Beim dritten Versuch entdeckten sie plötzlich einen schwachen, bläulichen Lichtschein weit hinten im Stollen.
Zusammengekrümmt, kalt und starr lag der kleine Carl am Boden. Seine Lippen waren ganz blau angelaufen, und die Röte war noch nicht aus seinem Gesicht geschwunden. Die beiden Männer hoben ihn sofort auf und versuchten, seinen Atem wieder in Gang zu bringen. Aber der Junge war schon zu lange tot, er mußte schon vor vier oder fünf Stunden in der Kohlensäure buchstäblich ertrunken sein, als er sich zu irgendeinem Fund hinunterbeugte.

7

In einem ärztlichen Bulletin des Werkarztes Dr. Echternach war zu lesen, daß die Nr. 41902 mit Namen Carl Bauer infolge akuter Asphyxie durch Eindringen von Kohlensäure in die Atmungsorgane verstorben sei.
Kurz darauf richtete der Oberingenieur Maulesmühle eine Eingabe an die Zechenleitung, wonach die Zone B des Planabschnitts XIV unverzüglich in das Entlüftungssystem einbezogen werden müsse, da mehrere Stollenwände Giftgase ausschwitzten. Die Entdeckung dieser Gefahr sei einzig und allein dem Maschinenmeister Rayer und dem Gießer 1. Klasse Schwartz zu verdanken.
Es dauerte mehr als eine Woche, bis diese Meldung bis zur Stabsabteilung vorgedrungen war. Eines Morgens endlich fand Marcel neben seiner Marke die Vorladung zum Büro des Generaldirektors im Hauptgebäude, Tor und Straße A.

Von der Zentrale hatte Marcel nur gerüchtweise reden hören. Man erzählte sich unter den Arbeitern von Stahlstadt, daß jeder, der sich dem Gelände der Zentrale ohne Erlaubnis genähert habe, auf Nimmerwiedersehen verschwunden sei. Wer aber offiziell als Mitarbeiter in die Zentrale aufgenommen würde, müßte im Verlauf von komplizierten Freimaurerriten absoluten Gehorsam schwören und sich bei seinem Kopf dazu verpflichten, niemandem irgendeine Andeutung von seiner Tätigkeit zu machen. Mit der Außenwelt sei die Zentrale durch eine Untergrundbahn verbunden, mit der manchmal rätselhafte Besucher nach Stahlstadt kämen und mit den leitenden Persönlichkeiten zu Geheimkonferenzen zusammenträfen.
Marcel hielt nicht viel von solchen Gerüchten. Aber unter seinen vielen Freunden aus den Gießereien, Bergwerken und Maschinensälen war kein einziger, der jemals über das Tor hinausgekommen war. Marcel war jedenfalls sehr gespannt, als er um 10 Uhr am Tor A erschien. Zwei Männer in grauen Uniformen mit Degen und Revolver erwarteten ihn am Eingang des Wachlokals und nahmen seine Papiere entgegen. Wie die Pförtnerloge in einem Kloster ließen sich die Türen des Wachraums niemals gleichzeitig öffnen.
Die Uniformierten verbanden Marcel mit einem weißen Tuch die Augen und führten ihn hinaus. Marcel zählte etwa 3000 Schritte, dann ging es eine Treppe hinauf, und hinter einer Tür wurde ihm die Augenbinde abgenommen.
Er war in einem schmucklosen Saal, dessen Einrichtung aus ein paar Stühlen, einer Tafel, einem großen Schaubild mit Entwürfen und dem Reißzeug zum Linearzeichnen bestand. Das Licht kam durch hohe Milchglasfenster herein.
Kaum hatte sich Marcel umgesehen, da traten zwei Wissenschaftler auf ihn zu.
»Jetzt wollen wir einmal sehen«, sagte der eine, »wieweit es her ist mit Ihren angeblichen Kenntnissen. Können wir mit der Prüfung anfangen?«
Marcel nickte mit dem Kopf, und die beiden Prüfer legten ihm Fragen aus der Chemie, der Geometrie und der Algebra vor. Der Kandidat beantwortete alle Fragen schnell und präzis, auch geometrische Figuren zeichnete er mit schnellen, sicheren Strichen auf die Tafel. Die Zahlen und Zeichen seiner Gleichungen standen in einwandfreier Linie wie ein angetretenes Garderegiment. Am meisten staunten seine Prüfer aber, als er

einen Beweis nach einer vollkommen neuartigen, schnellen Methode vorführte.
»Wo haben Sie das gelernt?« fragte einer der Prüfer.
»Auf der Volksschule von Schaffhausen.«
»Die Schweiz muß tatsächlich ein kolossales Bildungsniveau haben, daß man den Volksschülern schon das Vektorrechnen beibringt. Jetzt hören Sie einmal gut zu. Hier haben Sie den Aufriß einer ziemlich komplizierten Dampfmaschine. Wenn Sie in zwei Stunden eine neue, exakte Zeichnung angefertigt haben, können Sie bei uns eintreten.«
Marcel blieb zwei Stunden allein, dann kamen die Prüfer zurück, sahen sich seine Arbeit an und gaben ihm die beste Zensur.
Wenig später tauchten die beiden Uniformierten wieder auf und führten ihn mit verbundenen Augen weg. Bald saß er im Büro der Generaldirektion.
»Sie können ab sofort in einem unserer Zeichenbüros arbeiten«, sagte sein künftiger Chef, »wenn Sie sich mit den Paragraphen unserer Hausordnung einverstanden erklären.«
»Ich würde diese Hausordnung gern kennenlernen«, antwortete Marcel.
»Prägen Sie sich die einzelnen Punkte gut ein.
1. Solange Sie hier bei uns angestellt sind, müssen Sie auch hier wohnen und dürfen Ihre Abteilung nur mit schriftlicher Genehmigung verlassen.
2. Sie sind ab sofort Soldat im Rang eines Unteroffiziers und damit der absoluten Befehlsgewalt Ihrer Vorgesetzten unterworfen. Dafür winkt Ihnen eine Beförderung bis zu den höchsten Dienstgraden.
3. Über alles, was Sie in Ihrer Abteilung tun oder sehen, ist absolute Schweigepflicht verhängt.
4. Briefe dürfen Sie ab sofort nur noch mit Ihrer Familie wechseln, wobei Ihre Vorgesetzten das Recht haben, Ihren gesamten Briefverkehr zu zensieren.«
»Gut«, sagte Marcel, »ich verpflichte mich zur Einhaltung dieser Vorschriften.«
»Nehmen Sie die Hand hoch und schwören Sie. Und jetzt unterschreiben Sie hier. Ich gebe Ihnen jetzt Ihren Ausweis als Zeichner im 4. Atelier. Ihr Quartier wird Ihnen nachher gezeigt, essen können Sie in unserem ausgezeichneten Kasino. Wo ist Ihr Gepäck?«

»Meine Sachen liegen noch draußen bei meiner Zimmerwirtin. Ich habe ja nicht gewußt, daß ich gleich hierbleiben muß.«
»Ich lasse Ihr Gepäck holen, Sie selbst dürfen dieses Gelände nicht mehr verlassen.«
Marcel war gottfroh, daß er seine Notizen in einer nicht entzifferbaren Geheimschrift abgefaßt hatte, denn die Soldaten wühlten sicherlich seine Tasche durch. Gegen Abend hatte er seine Habseligkeiten schon bei sich und bezog ein freundliches Zimmer in der vierten Etage, dessen Fenster auf einen Hof hinab sah.
Im ersten Augenblick war ihm ein bißchen beklommen, wenn er an das reglementierte Leben dachte. Aber im Kasino freundete er sich bald mit ein paar Kollegen an, die höflich und schweigsam waren wie er selbst. Die einzige Unterhaltung, die sich die jungen Wissenschaftler gönnen durften, war ein Kammerorchester, das jeden Abend probte. Sonst gab es keinerlei Freizeit. Die Angehörigen der Abteilung waren verpflichtet, regelmäßige Fortbildungskurse zu besuchen und Zwischenprüfungen abzulegen. Mit einigem Fleiß konnte man erstaunlich viel lernen in Stahlstadt, aber den meisten Zöglingen wäre es lieber gewesen, wenn sie an einer Universität statt in einer Kaserne studiert hätten.
Marcel versuchte seine Sehnsucht nach freier Luft dadurch zu unterdrücken, daß er sich mit doppeltem Eifer auf seine Arbeit stürzte. Er war bald in der ganzen Abteilung als technisches Genie bekannt, und wenn irgendeiner in seiner Konstruktion nicht mehr weiterkam, fragte er zuerst Marcel um Rat. Seine Vorgesetzten lobten ihn zwar, begegneten ihm aber mit jener feindseligen Anerkennung, wie sie alte Feldwebel jungen erfolgreichen Leutnants gegenüber an den Tag legen.
Mit der Zeit mußte Marcel leider einsehen, daß seine Abteilung noch lange nicht zum Herzstück von Stahlstadt gehörte. Aus dem vergitterten Grundstück von 300 m Durchmesser kam er nie heraus. Auch war das Prinzip der modernen Arbeitsteilung in seiner Sektion soweit vorangetrieben, daß er Tag um Tag nichts anderes als Dampfmaschinen zu zeichnen hatte, waren es nun Riesenapparate für Schlachtschiffe oder Präzisionsmaschinen für Druckerpressen.
Er hatte immerhin erfahren können, daß die Hauptzentrale im sogenannten Stierturm untergebracht war, der im Mittelpunkt des Spinnennetzes von Stahlstadt stand und sämtliche

anderen Gebäude weit überragte. Im Kasino erzählte man sich, Herr Schultze selbst wohne im Erdgeschoß des Turms, während sein Geheimlabor im Innern des Bauwerks installiert sei. Der ganze Turm sei gepanzert wie ein schwerer Kreuzer, und die Sicherheitsschlösser und Selbstschußanlagen würden jeder Bank Ehre machen. Einige der Mitarbeiter wollten wissen, Prof. Schultze entwickele eine Wunderwaffe, mit der das deutsche Reich die ganze Erde unterjochen könne.
Marcel schmiedete unausgesetzt Pläne, wie er sich in das Labor einschleichen könnte. Es war unmöglich, die Mauer um den Turm unbemerkt zu überklettern, denn die Wachen hatten Schießbefehl, und bei Nacht war das ganze Gelände von Scheinwerfern angestrahlt. So wie er die Organisation von Stahlstadt kannte, hätte er auch hinter der Umfriedung sowieso nur unbedeutende Einzelheiten entdeckt, das System des Ganzen wäre ihm unbekannt geblieben.
Marcel beschloß deshalb, geduldig zu warten und auf die Gelegenheit zu hoffen, die ihm von selbst den Zugang zu den innersten Gemächern von Stahlstadt eröffnen würde. Dabei war er sich aber auch bewußt, daß die Bedrohung France-Villes, das in gefährlicher Nähe zu Stahlstadt aufblühte, mit jedem Tag zunahm. Denn er zweifelte keinen Augenblick daran, daß die in Stahlstadt entwickelte Kriegsmaschinerie in erster Linie zur Ausrottung der romanischen Bürger France-Villes bestimmt war.
Monate später wurde Marcel überraschend zum Generaldirektor befohlen.
»Packen Sie sofort Ihre Siebensachen zusammen und melden Sie sich in fünf Minuten wieder bei mir. Auf unseren Vorschlag hin hat Sie Herr Schultze persönlich engagiert. Im Namen von Stahlstadt befördere ich Sie mit sofortiger Wirkung zum Leutnant!«
Marcel war außer sich vor Freude. Er hatte nicht mehr zu hoffen gewagt, daß sich der Sesam des Tores A so bald vor ihm öffnen würde. Im Nu packte er seine Sachen zusammen und ließ sich von den Uniformierten auf die Straße A führen. Bald ragte der Stierturm vor ihm auf.
Auf einmal gingen ihm die Augen über vor Staunen. Im Zentrum dieser schmutzigen, lauten Fabrikstadt breitete sich ein gepflegter tropischer Urwald, in dem außer Blätterrauschen und Vogelgezwitscher kein Laut zu hören war. Palmen streck-

ten ihre ausladenden Kronen in den Himmel, Lianen umschlangen Eukalyptusbäume und hingen wie ein grober Vorhang zur Erde nieder. Dazwischen waren Kakteen angepflanzt, Bananenstauden leuchteten in sattem Grün, Ananasfrüchte, Orangen und Guajavenbirnen standen kurz vor der Reife. Auch die Temperatur hatte sich merklich erhöht, ein richtiggehendes Treibhausklima herrschte in diesem Wildgarten. Marcel suchte aber vergeblich nach einem Glasdach, über ihm dehnte sich nichts als blauer Himmel.
Da fiel ihm ein, daß eines der benachbarten Bergwerke schon seit Jahren in Brand war, so daß Herr Schultze nur eine Fernheizleitung an den heißen Schacht hatte anschließen müssen, um seinen Lustgarten ständig bei tropischer Temperatur zu halten.
Obwohl der Garten von einem Deutschen angelegt worden war, freute sich Marcel an dem wohltuenden Grün der Rasenflächen und an der wohlriechenden Luft, nachdem er ein halbes Jahr lang nichts als Mauern gesehen und nichts als Rauch geatmet hatte. Er folgte einem sanft ansteigenden Sandweg, der zu einer säulenüberdachten Marmortreppe führte. Dahinter erhob sich ein wuchtiger Klotz aus Granit, die quadratische Basis des Stierturms.
In der Säulenhalle waren acht rotlivrierte Diener angetreten, und in der Mitte stand unbeweglich ein Schweizer Gardist mit dreieckigem Hut und Hellebarde. Als Marcel die Treppe hinaufstieg, spürte er ein dumpfes Dröhnen unter sich, das zweifellos von der geheimnisvollen Untergrundbahn herrührte.
Hier brauchte er nur seinen Namen anzugeben, um in eine Vorhalle vorgelassen zu werden, deren Ausstattung einem europäischen Museum für Plastik und Skulptur in nichts nachstand. Nach einem flüchtigen Blick auf diese Kunstschätze wurde er weitergedrängt, zuerst in einen rot-gold dekorierten Salon, dann in einen schwarz-goldnen und schließlich in einen gelb-goldnen. Dort ließ ihn der Diener fünf Minuten allein.
Schließlich sprang eine weitere Tür auf, und Marcel stand in dem grün und golden tapezierten Arbeitszimmer Prof. Schultzes. Der Stahlkönig sah nicht einmal auf, als Marcel vor ihm stand, sondern schlürfte seelenruhig sein Bier und paffte seine alte Porzellanpfeife. Inmitten der strahlenden Pracht seines Salons wirkte er wie ein Dreckspritzer auf einem polierten Lackstiefel.

»Sie sind wohl der Zeichner?« fragte Professor Schultze barsch. »Jawohl«, antwortete Marcel.

»Sie sind also der Zeichner«, sagte er barsch, ohne Marcel anzusehen.
»Jawohl.«
»Ich kenne Ihre Zeichnungen, schon ganz ordentlich. Bloß diese ewigen Dampfmaschinen finde ich langweilig.«
»Ich hatte keine anderen Aufträge.«
»Verstehen Sie vielleicht etwas von Ballistik?«
»In meiner Freizeit habe ich mich ein bißchen damit befaßt.«
»Aha«, sagte Herr Schultze und sah sich den Freizeitballistiker etwas näher an. »Dann werden wir zusammen gleich mal eine Kanone zeichnen, damit ich weiß, was es mit Ihrer kanonischen Kunst auf sich hat. Heute morgen hat sich mein Assistent, dieser Vollidiot, beim Hantieren mit Dynamit selber in die Luft gesprengt, und jetzt brauche ich einen Ersatzmann. Sehen Sie aber bloß zu, daß Sie sich nicht ebenso dämlich anstellen. Der hätte um ein Haar glatt das ganze Haus in die Luft gejagt.«
Marcel gewöhnte sich sehr rasch an das neue Leben, und Herr Schultze war von seinem Mitarbeiter ganz begeistert. Er wollte ihn nicht nur bei der Arbeit um sich haben, sondern nahm ihn auch zum Essen, zum Biertrinken und auf seine Spaziergänge mit. Marcel verstand es aber meisterhaft, sich auf die Marotten seines Chefs einzustellen.
Er hatte schon nach wenigen Tagen erkannt, daß man Herrn Schultze an dessen maßloser Eitelkeit packen mußte, um ihn bei Laune zu halten. Gleichzeitig durfte er sein eigenes Licht auch nicht unter den Scheffel stellen, sonst wäre er wahrscheinlich bald zum Teufel gejagt worden. Hatte Marcel eine Zeichnung in Auftrag, führte er sie zwar mit größter Sorgfalt aus, baute aber einen leicht zu erkennenden Fehler mit ein. Herr Schultze verging jedesmal vor Stolz, wenn er ihm diese Ungenauigkeit nachweisen konnte.
Einen noch unverschämteren Trick wandte Marcel ebenfalls mit Erfolg an. Kam ihm während eines Gesprächs eine neue Idee, so plauderte er sie nicht gleich aus, sondern ließ sie wie beiläufig in die Unterhaltung einfließen, daß Herr Schultze glauben mußte, er habe sie als erster gehabt. Manchmal versuchte es Marcel sogar mit noch unverschämteren Methoden.
»Heute habe ich endlich den Entwurf zu dem Kreuzer mit beweglichem Rammsporn mitgebracht, den Sie schon lange bei mir bestellt haben«, sagte er eines Morgens.

»Was habe ich?« fragte Herr Schultze.
»Sicher haben Sie diese Kleinigkeit über Ihren zahlreichen Verpflichtungen wieder vergessen. Sie haben kürzlich von dem Nahkampf auf See gesprochen und von einem Sporn, der sich in den Rumpf des feindlichen Schiffes bohren und dort einen Torpedo mit Zeitzünder hinterlassen soll, danach aber sofort wieder eingezogen werden muß.«
»Ja natürlich«, sagte Herr Schultze, »wenn Sie nicht wären, würde ich meine besten Ideen vergessen.«
Marcels Taktik hatte nicht immer die gewünschte Wirkung. Als er sich wieder einmal überaus diensteifrig gezeigt hatte, sagte Prof. Schultze zu einem anderen engen Mitarbeiter:
»Der Schwartz ist zwar ein schlaues Köpfchen, aber doch nur ein Apparatschik. Eigeninitiative hat er überhaupt nicht.«
So hielt Herr Schultze immer noch einige Distanz zu Marcel, der Monat um Monat darauf wartete, in die innersten Geheimnisse Stahlstadts eingeweiht zu werden. Er schloß aus der Organisation des ganzen Betriebes, daß die Fabriken nicht nur zu kommerziell verwertbaren Produktionen bestimmt waren. Diesen geheimen Zweck der Stahlstädter Produktion wollte er auf alle Fälle kennenlernen, und wenn er seinen Chef provozieren mußte.
Am 5. September, ein Jahr nach dem Tod des kleinen Carl, saßen Schultze und Marcel wieder einmal beim Essen zusammen. Stahlstadt lag unter einer dichten Schneedecke, während es in Schultzes Garten immer noch so warm war wie im Juni. Der geschmolzene Schnee fiel als zarter Tau auf die Pflanzungen.
»Dieses Sauerkraut schmeckt bei einem solchen Wetter doppelt gut, und die Würstchen vergehen fast auf der Zunge«, sagte Schultze schmatzend. Trotz der Begum-Millionen hatte sich seine Gaumenkultur seit den Tagen von Jena nicht verfeinert.
»Ihr Sauerkraut mit Weißwein und Äpfeln ist tatsächlich ein Hochgenuß«, antwortete Marcel, während er nur mühsam seine Magenschmerzen unterdrücken konnte.
»Ich habe nie begreifen können«, sprach Herr Schultze weiter, »daß es Völker gibt, die uns Deutsche als Sauerkrautfresser beschimpfen. Dabei sind Würstchen, Bier und Sauerkraut fast eine göttliche Dreieinigkeit.«
»Man müßte sie eben alle ans teure deutsche Vaterland anschließen, um sie von ihren Irrtümern zu kurieren.«

»Daran haben schon ganz andere Leute vor Ihnen gedacht, junger Mann!« rief der Stahlkönig. »Der Anschluß wird kommen, schneller als manche noch glauben. In Amerika sitzen wir schon. Wenn wir noch ein oder zwei Inseln in der Nähe von Japan aufkaufen, liegt schon der halbe Globus in unserem Schußfeld!«
Der Kammerdiener erschien und brachte den Herren die Pfeifen. Marcel wartete geduldig, bis Herr Schultze seinen Kolben angezündet und sich zufrieden zurückgelehnt hatte. Dann sagte er plötzlich in die Stille hinein:
»Wenn Sie mich fragen, ich glaube nicht an die große Eroberung.«
»Was für eine Eroberung?« fragte Herr Schultze überrascht.
»Die Eroberung der Welt durch den deutschen Imperialismus.«
»Das halten Sie nicht für möglich?«
»Nein.«
»Und das wagen Sie mir ins Gesicht zu sagen? Wie kommen Sie überhaupt auf solche defaitistischen Gedanken?«
»Das will ich Ihnen nicht verheimlichen. Die französische Artillerie ist auf dem besten Weg, die deutsche zu übertreffen. Bei uns in der Schweiz, wo man die Franzosen aus nächster Nähe kennt, sagt man: ein gewarnter Franzose kann es mit zwei Deutschen aufnehmen. 1870 war für die Franzosen zwar eine bittere Lektion, aber sie wird sich letzten Endes gegen die wenden, die sie erteilt haben. Diese Erkenntnis ist übrigens keine Schweizer Erfindung, in England beurteilt man die Lage nicht anders.«
Marcel hatte so schnell und trocken gesprochen, daß dem Stahlkönig kaum Zeit zur Besinnung blieb. Doch plötzlich schoß ihm das Blut ins Gesicht, aber er blieb immer noch ruhig. Sofort begann Marcel wieder zu sprechen.
»Wir müssen den Dingen klar ins Auge sehen. Unsere Gegner machen zwar keinen Lärm, aber sie schaffen um so verbissener. Man kann doch im Ernst nicht annehmen, daß ihre Waffentechnik immer noch auf dem Stand der Kriegsjahre ist. Während wir hier nichts anderes tun, als die alten Kanonen ein bißchen zu verstärken, klügeln die anderen längst völlig neuartige Wunderwaffen aus, an denen wir uns bei der erstbesten Gelegenheit die Schnauze verbrennen werden.«
»Ach was Wunderwaffen!« schrie Herr Schultze. »Wir haben auch Wunderwaffen.«

»Ist es vielleicht ein Wunder, wenn wir aus Stahl herstellen, was unsere Vorfahren aus Bronze zusammengebastelt haben? Unser ganzer Fortschritt besteht doch lediglich darin, daß wir doppelt so große Kanonen bauen wie früher und damit doppelt so weit schießen können.«

»Als Mathematiker haben Sie seltsame Vorstellungen vom Verdoppeln.«

»Mag sein, aber eines bleibt wahr. Wir können nur imitieren. Und ich sage Ihnen auf die Gefahr hin, daß Sie mich für einen Querkopf halten: wir sind keine Erfinder. Wir denken uns nichts Neues aus, aber die Franzosen, die werden uns noch überraschen, darauf können Sie sich verlassen.«

Herr Schultze hatte sich zwar äußerlich noch in der Gewalt, aber seine zitternden Lippen verrieten eine maßlose Wut. Plötzlich sprang er auf und schaute mit höhnischem Grinsen auf Marcel herunter.

»Sie kommen jetzt mit, und dann werden wir sehen, ob man mich derart beschimpfen kann!«

8

Herr Schultze schloß die Tür seines Arbeitszimmers sorgfältig ab und machte sich dann an einem seiner Bücherregale zu schaffen. Plötzlich klappte die Bücherwand zurück und gab eine Tür in der Wand frei.

Herr Schultze führte Marcel durch einen langen Gang, bis eine starke Tür aus Eichenholz den Weg versperrte, zu der nur der Stahlkönig, wie er sagte, einen Schlüssel besaß. Eine dahinterliegende Tür mußte mit einer Buchstabenkombination geöffnet werden. Marcel wollte sich gerade die in die Tür eingebaute Selbstschußanlage ansehen, da schob ihn Herr Schultze weiter. Die nächste Panzertür, auf der kein Schloß zu sehen war, sprang auf einen Druck auf eine bestimmte Stelle auf.

Dahinter begann der Aufgang zum Stierturm. 200 eiserne Stufen mußten die beiden Männer hinaufklettern, bis sie eine Plattform erreichten. Vor ihren Augen öffnete sich eine gigantische Kasematte, die den Stierturm nach oben wie ein Stahlhelm abschloß.

Da stand der Hinterlader von mindestens 300 000 Kilo Gewicht mit einem Kaliber von 1,5 m.

In der Mitte des Raumes stand ein riesenhaftes Gußstahlgeschütz, dessen Mündung auf eine der Schießscharten zeigte.
»Bitte schön«, sagte Herr Schultze, der den ganzen Aufstieg über kein Wort verloren hatte.
Ein derart mächtiges Geschütz hatte Marcel noch nie zuvor gesehen. Es war ein Hinterlader von mindestens 300 000 kg Gewicht mit einem Kaliber von 1,5 m. Die Stahllafette, auf die das Geschütz montiert war, lief auf Stahlbändern. Dank eines komplizierten Zahnradsystems hätte ein Kind mit der Kanone manövrieren können. Als Rückstoßdämpfer war eine ungeheure Feder eingebaut, die das Geschütz nach dem Schuß wieder in die alte Lage zu drücken hatte.
»Was schlägt der Apparat durch?« fragte Marcel, der sein Erstaunen nicht verbergen konnte.
»Eine Panzerplatte von 1 m Durchmesser haben wir bei einem Probeschuß auf 20 000 m wie ein Butterbrötchen durchgeschlagen.«
»Donnerwetter. Und die Schußweite?«
»Als ballistische Epigonen haben wir bis heute unsere Ziele nur auf 40 km Entfernung getroffen.«
»Was? Haben Sie auch noch ein neues Pulver erfunden?«
»Jetzt trauen Sie mir sogar eine Erfindung zu! Nein, ich habe nur erkannt, daß die große Zeit des groben Pulvers vorbei ist. Heute muß man sich an die Schießbaumwolle halten, die viermal stärker explodiert als das alte Pulver. Ich bringe es übrigens auf eine fünffache Explosivkraft, weil ich noch 80 % salpetersaures Natron zusetze.«
»Das heißt aber auch, daß Ihre Kanone schon nach den ersten Schüssen krepiert.«
»Und wenn schon! Die Kanone hat ihren Zweck erfüllt, auch wenn sie nur einen einzigen Schuß losläßt.«
»Ein luxuriöses Hobby, das Sie da treiben.«
»Kostet mich eine Million. Aber was ist das schon gegen die Milliarde, die dadurch vom Erdboden gefegt wird.«
Marcel erschrak tief im Innern, aber er konnte es nicht lassen, den Stahlkönig weiter zu reizen.
»Alle Achtung für dieses Gerät«, sagte er. »Aber ich bleibe dabei, es ist eine verbesserte Nachahmung, aber keine Erfindung.«
»Wenn es Ihnen so sehr um Erfindungen geht, kann ich Sie schon noch bedienen. Kommen Sie, ich zeige Ihnen jetzt noch ein Geheimnis.«

Ein hydraulischer Aufzug beförderte die beiden Männer in ein tiefer gelegenes Stockwerk, in dem lange Metallzylinder aufgestapelt waren.
»Unsere Munition«, sagte Herr Schultze.
Geschosse dieser Größenordnung hatte Marcel tatsächlich noch nie gesehen. Die Zylinder waren etwa 2 m lang und über 1 m breit und von einem Bleimantel umgeben, um in dem gezogenen Kanonenrohr gute Führung zu haben. Die stählerne Rückwand war durch einen Bolzen verschlossen, an der verjüngten Spitze befand sich der Aufschlagzünder. Marcel sah sich die Geschosse lange an, wurde sich aber nicht darüber klar, mit welchem Sprengstoff sie gefüllt sein mochten.
»Wie wollen Sie ein so langes und schweres Projektil verschießen?« fragte er.
»Der Apparat ist nicht so schwer, wie er aussieht. Ich will Ihnen auch dieses Geheimnis verraten. Die Granate ist innen aus Glas, drumherum ist der Glaszylinder durch einen Mantel aus Eichenholz geschützt. Im Kern des Geschosses ist nichts als flüssige Kohlensäure, auf einen Druck von 72 Atmosphären komprimiert. Beim Aufschlag explodiert der Glaszylinder und die Kohlensäure geht in gasförmigen Zustand über. Schon im nächsten Augenblick sinkt die Temperatur an der Aufschlagstelle auf 100° unter Null, und die Atemluft wird vergiftet. Bei meinen Berechnungen bin ich davon ausgegangen, daß jedes Lebewesen in einer Entfernung bis 30 m vom Aufschlag erfriert und dazu noch erstickt, erfahrungsgemäß erhöht sich die Todeszone in der Praxis auf einen Radius von 100 bis 200 m. Außerdem ist zu beachten, daß sich die ausströmende Kohlensäure wegen ihres größeren spezifischen Gewichts in Bodennähe hält und noch Stunden nach dem Aufschlag der Granate tödlich wirkt. Der Witz meiner Kanone liegt eben darin, daß der Schuß seine Zerstörungskraft über mehrere Stunden hinweg entfalten kann. In einem Krieg mit meinem Geschütz werden die Sanitäter überflüssig, weil nur noch mit Toten zu rechnen ist.«
Prof. Schultze wurde immer leutseliger. Er hatte seine Farbe wiederbekommen und zeigte beim Lachen die Zähne.
»Diese Kanone ermöglicht auch eine strategische Kriegführung, wie sie nicht einmal ein Clausewitz zu träumen gewagt hätte. Nehmen wir an, ich will eine Stadt von 1000 ha beschießen. Um 1 ha auszuradieren, brauche ich eine Kanone, und

für 1000 ha müssen 100 Batterien à 10 Geschützen aufgestellt werden. Nehmen wir weiter an, die Kanonen sind peinlich genau auf die jeweiligen Planquadrate gerichtet, die Luftverhältnisse sind normal, und alle Batterien können zentral gezündet werden: innerhalb einer Minute erstickt und erfriert jedes Lebewesen auf einer Fläche von 1000 ha, und die ganze Stadt geht in einem Meer von Kohlensäure unter! Aber wie es so ist, große Ideen haben ihre Vorläufer. Als Student war ich einmal in der Hundesgrotte bei Neapel. Sie kennen das Phänomen, ja? Richtiggehend inspiriert hat mich aber erst dieser Unfall auf der Zeche Albrecht vor einem Jahr, Sie erinnern sich, ein kleiner Junge war im Schacht an einer Kohlensäurevergiftung gestorben. Auf diesem Prinzip beruht mein Waffensystem. Ich ärgere mich dabei nur über eine winzige Kleinigkeit.«

»Was denn«, sagte Marcel, der vor Erstarrung kaum mehr sprechen konnte.

»Es kracht immer noch beim Aufschlag. Ich will aber, daß der Schultzesche Kanonenschuß keinerlei Ähnlichkeit mehr hat mit herkömmlichem Artilleriefeuer. Strengen Sie Ihren Grips ein wenig an, damit wir auch noch den Knall wegbekommen. Ich kann mir einfach nichts Schöneres vorstellen, als 100 000 ahnungslose Menschen in einer lauen Sommernacht auf einen Schlag völlig lautlos ins Jenseits zu befördern.«

Mit verklärten Zügen schaute Herr Schultze ins Weite und überließ sich seinen Träumen. Doch Marcel riß ihn gleich wieder aus seinem Trancezustand.

»Haben Sie aber auch daran gedacht, wieviel Zeit und Geld 1000 dieser Kanonen verschlingen?«

»Herrje, ich versinke ja bald in Geld, und die Zeit arbeitet in jedem Fall für mich.«

»Ich sehe zwar nicht ganz ein, was an Ihren Geschossen so originell sein soll, die doch nur aus den alten Gasgranaten entwickelt sind. Ihre tödliche Wirkung bezweifele ich allerdings nicht, vorausgesetzt, Ihre Granaten fliegen bei ihrem geringen Gewicht überhaupt 40 km weit.«

»Ach Sie Schlaumeier. Diese Stücke hier sind absichtlich nur für Schußweiten von 8 km konstruiert, mehr eine Spielerei. Mit jenem Gußstahlgeschoß dort drüben meine ich es allerdings bitter ernst. Es ist schwer genug, um eine einwandfreie Schußbahn von 40 km Länge einzuhalten. In seinem Innern sind

100 Kleinstkanonen eingebaut, deren Rohre wie die Tuben eines Fernrohres ineinandergeschoben sind. Beim Aufschlag zünden die Mini-Kanonen von selbst und setzen mit ihren Phosphorgeschossen alles in Brand. Somit genügt ein einziger Kanonenschuß, um eine komplette Stadt mit dem Feuer aus 100 Rohren in Schutt und Asche sinken zu lassen. In wenigen Tagen werde ich einen Probeschuß abfeuern, durch den 100 000 Menschen allerdings endgültig dran glauben müssen.«

Herrn Schultzes Augen leuchteten, und er lächelte bei seinen Ausführungen so hinterhältig, daß Marcel ihm am liebsten alle Zähne ausgeschlagen hätte. Aber er mußte sich zurückhalten, denn Prof. Schultze hatte noch nicht zu Ende gesprochen.

»Heute ist der 5. September. Am 13. um 23.45 Uhr wird die Kanone über unseren Köpfen gezündet, und Minuten später wird der Name France-Ville nur noch Schall und Rauch sein. Wenn Sodom durch göttliche Gewalt vom Erdboden gefegt worden ist, so wird France-Ville von Professor Schultze höchstpersönlich eingeäschert werden.« Marcel stockte das Blut in den Adern, mit letzter Kraft riß er sich zusammen, als Herr Schultze ungerührt weitersprach: »Man muß die Dinge ganz nüchtern sehen. Die Gründer von France-Ville wollen etwas grundsätzlich anderes als wir. Dort versucht man mit allen Mitteln, das menschliche Leben zu erhalten und zu verlängern, während wir uns bemühen, es zu verkürzen. Zwischen beiden Absichten ist ein Kompromiß unmöglich. Das Leben, das man in France-Ville zu konservieren sucht, ist nicht wert, daß man dafür einen Finger krümmt – höchstens, um eine Kanone abzufeuern. Ein menschenwürdiges Leben wird auf der Erde erst dann möglich sein, wenn es gereinigt aus dem Tod hervorgehen kann, den ich in die Welt aussende. Ich folge darin nur einem Gesetz der ewigen Natur, einer so vernünftigen Natur, daß sie Dr. Sarrasin seine Stadt genau an der Stelle hat gründen lassen, die der ideale Zielpunkt für meine Kanonen ist.«

»Warum hassen Sie bloß die Leute von France-Ville? Sie haben Ihnen doch nichts getan! Ich wüßte auch nicht, worüber sich Dr. Sarrasin mit Ihnen streiten könnte.«

»Ach du liebe Zeit!« rief Herr Schultze. »Bis jetzt habe ich geglaubt, Ihr Gehirn sei absolut rein und bestens organisiert, aber ich habe mich getäuscht, denn in Ihrem Kopf stecken offensichtlich noch welsche und idealistische Schlacken, über die Sie gehörig stolpern würden, falls Ihnen dazu noch Zeit bliebe.

Aber nun zur Sache. Sie halten mich für einen Unmenschen, einen Massenmörder und ausgekochten Bösewicht. Das ist Ihr Recht, obwohl Recht, Gut und Böse nur relative Begriffe sind. Ihre Bedeutung hängt vom Standpunkt des Betrachters ab. Einzig absolut sind nur die ewigen Naturgesetze. Nach ihnen spielt sich der Kampf ums Dasein ab, von ihnen leitet sich das Recht des Stärkeren ab, das in der gleichen Weise für alle verbindlich ist wie Newtons Gravitationsgesetz. Wer sich gegen die Gesetze auflehnt oder wer sie negiert, geht unter. Nur wer sie anerkennt und ihnen folgt, wird überleben. Wenn ich die Stadt Dr. Sarrasins in Trümmer lege, gehorche ich nur einem Gesetz. Zu dessen Erfüllung sind 50 000 Deutsche angetreten, und sie werden nur der Vorsehung folgen, wenn sie jene 100 000 Träumer überwältigen.«
Marcel erkannte, daß er gegen Herrn Schultze mit Worten nichts mehr ausrichten konnte. Beide verschlossen das Munitionslager und setzten sich in Schultzes Zimmer.
Der Stahlkönig rief gutgelaunt nach Bier und einer neuen Pfeife. »Sind Arminius und Sigimer auf ihrem Posten?« fragte er den Diener.
»Jawohl.«
»Du kannst ihnen ausrichten, sie sollen sich bereithalten.«
Der Stahlkönig sah Marcel offen ins Gesicht, aber der Elsässer erwiderte seinen Blick ohne Furcht.
»Werden Sie Ihren Plan tatsächlich durchführen?«
»Warum nicht? Die Kanone ist auf die Zehntelsekunde der geographischen Lage von France-Ville justiert. Vom 14. September an wird kein Mensch mehr von dieser Stadt sprechen.«
»An Ihrer Stelle hätte ich diese Absicht nicht vorher preisgegeben.«
»Ach je, jetzt leben Sie schon über ein Jahr in Stahlstadt, aber logisch denken haben Sie immer noch nicht gelernt. Es ist deshalb auch nicht so furchtbar schade, daß Sie jung sterben müssen.«
Marcel fuhr von seinem Sitz hoch, aber Herr Schultze ließ sich nicht beeindrucken.
»Warum um alles in der Welt haben Sie nicht begriffen, daß ich nur die Leute in meine Geheimnisse einweihe, die den Mund nicht mehr aufmachen können?«
Auf ein Glockensignal tauchten Arminius und Sigimer, zwei grobschlächtige Hünen, an der Tür auf.

»Sie hatten es selbst darauf abgesehen, mein Geheimnis zu erfahren, deshalb sind Sie auch selbst für Ihren Tod verantwortlich. Mann, Sie sind doch intelligent genug, um zu verstehen, daß ich jemanden nicht am Leben lassen kann, dem ich soeben meine nächsten Absichten offenbart habe. Mitleid wäre hier nicht nur unverantwortlich, sondern auch ausgesprochen dumm. Die Bedeutung meines Vorhabens ist so ungeheuerlich, daß ein Menschenleben mehr oder weniger überhaupt nicht ins Gewicht fällt, selbst wenn es sich um eine Intelligenzbestie wie Sie handelt. Opfer müssen gebracht werden. Wer hier weich wird, ist schon verloren. Ihr Vorgänger Sohne ist übrigens nicht tödlich verunglückt, sondern nach dem gleichen Reglement liquidiert worden, nach dem auch Sie verurteilt sind. Das Gesetz, nach dem wir angetreten sind, duldet keine Ausnahme.«
Marcel spürte an Schultzes Tonfall, daß er auf keine Gnade zu hoffen hatte. Sein Schicksal war besiegelt, und er protestierte nicht einmal mehr dagegen.
»Wann und womit bringt man mich um?« fragte er leise.
»Kümmern Sie sich nicht um solche Lappalien«, antwortete Herr Schultze. »Ich verspreche Ihnen, daß Sie schmerzlos sterben werden. Eines Morgens werden Sie einfach nicht mehr aufwachen.«
Auf ein Zeichen des Stahlkönigs wurde Marcel abgeführt, und die beiden Schläger bezogen Posten vor seiner Tür.

9

Marcel fand keinen Schlaf, weniger aus Angst vor dem Sterben, als aus Verzweiflung über die Gefahr, die seinen Freunden in France-Ville drohte. Fieberhaft dachte er nach, wie er aus Stahlstadt fliehen und seine Leute warnen könnte. Aber so sehr er sich auch den Kopf zermarterte, er fand keinen Ausweg.
Als der Morgen graute, lag er immer noch wach. Es wunderte ihn, daß er überhaupt noch lebte, und er überlegte sich, auf welche Weise Schultze ihn wohl ermorden lassen wollte. Vielleicht ließ man ihn im Schlaf Blausäure inhalieren, oder Schultze zog sein Standardgas vor und ließ Kohlensäure in das Zimmer einströmen. Bei der Vorstellung, daß er dann eines

Morgens nur noch als ein gefrorener Klumpen Fleisch auf dem Bett liegen würde, wurde ihm beinahe übel. Dann dachte er wieder an Dr. Sarrasin und seine Tochter, und er drückte unwillkürlich auf die Türklinke.

Die Tür sprang wider alle Erwartungen auf, Marcel konnte wie immer im Garten spazierengehen. Allerdings war er auch hier nicht allein, denn die Schläger Arminius und Sigimer bewachten jeden seiner Schritte. Überall sah er ihre roten, bärtigen Gesichter auftauchen, und wenn sie ihm einmal den Rükken zudrehten, drohten sie ihm mit ihren Stiernacken. Fast schien es, als würden ihre grauen Uniformen aus den Nähten platzen, wenn sie ihre gewaltigen Muskelpakete spielen ließen. Dabei klapperten ihre Revolver und Messer, mit denen sie überall behängt waren.

Obwohl sie Marcel ständig begegneten, sprachen sie kein Wort mit ihm. Nachdem er vergeblich versucht hatte, ein Gespräch mit ihnen anzuknüpfen, lud er sie zu einem Glas Bier ein, aber stumm und mit drohenden Gesten schlugen sie sein Angebot aus. Die einzige Abwechslung, die sie sich zu gönnen schienen, war das Pfeiferauchen, nach dem getreuen Vorbild ihres Herrn.

Marcel behielt ständig sowohl seine Wächter als auch die Anlage des Gartens im Auge, um nach jedem nur möglichen Fluchtweg Ausschau zu halten. Es wäre allerdings sinnlos gewesen, vor den Augen seiner Bewacher einfach davonzurennen, denn schon im nächsten Moment hätten sie ihn erbarmungslos niedergeschossen. Selbst wenn es ihm gelänge, ihnen zu entkommen, so würde sein Fluchtversuch spätestens an der dreifachen Ummauerung scheitern.

Als Marcel am nächsten Tag durch den Park schlenderte, fiel ihm ein seltsamer Strauch auf, eine krautartige, häßliche Pflanze, mit wechselständigen, ovalen und gepaarten Blättern und roten Blütenglocken an achselständigen Stengeln.

Lange Zeit kramte er in seinen Botanikkenntnissen, bis er sicher war, daß diese Pflanze zur Familie der Nachtschattengewächse gehörte. Mechanisch riß er ein Blatt ab und steckte es in den Mund.

Beim Weitergehen kaute er kräftig darauf herum, und schon nach ein paar Minuten wurden seine Glieder schwer, bald war ihm richtiggehend schlecht. Seine Vermutung hatte ihn nicht getäuscht, in den Blättern steckten kräftige Belladonna-Substanzen, mit anderen Worten, ein Narkotikum.

Arminius und Sigimer bewachten jeden seiner Schritte, dabei klapperten die Revolver und Messer, mit denen sie überall behängt waren.

Auf seinem Gartenspaziergang kam Marcel später an einen kleinen See, der sich bis gegen das Südende des Parks hinzog, wo der Abfluß einen künstlichen Wasserfall bildete, der den Kaskaden im Bois de Boulogne mit vollendeter Phantasielosigkeit nachgebaut war. Der Abfluß setzte sich in einem Wasserlauf fort, der sich in vielen Windungen durch den Park schlängelte und unter der Gartenmauer verschwand. Marcel nahm an, daß der Bach Stahlstadt unterirdisch durchquerte und jenseits der Stadt wieder ans Tageslicht trat.
Wenn überhaupt eine Flucht denkbar schien, dann nur durch dieses Flüßchen. Er mußte zwar damit rechnen, daß der Kanal unter Stahlstadt durch Eisengitter versperrt war, aber sollte er überhaupt entwischen, dann mußte er auch Eisensägen mit verschwinden lassen. Binnen Minuten war sein riskanter Fluchtplan perfekt, in dem er alles auf eine Karte setzte.
Auf dem Rückweg blieb er wieder vor dem Nachtschattengewächs stehen, wartete ab, bis die Wächter ihn genau beobachteten, und rupfte ein paar Blätter ab. Er trocknete sie am Ofen in seinem Zimmer, zerrieb sie zwischen den Händen und mischte die Krümel unter seinen Pfeifentabak.
Kaum war er an den folgenden Tagen frühmorgens auf den Beinen, kaum war er sich darüber klargeworden, daß er überhaupt noch lebte, ging er in den Garten hinunter, riß mit sichtlicher Gier Blätter von dem Strauch und rauchte hastig seine Pfeife. Er stopfte seine Pfeife freilich nur mit gewöhnlichem Tabak, die Belladonna-Mischung hatte er in einem zweiten Tabaksbeutel verstaut, der von dem ersten nicht zu unterscheiden war.
Nach ein paar Tagen wurden die Wächter endlich auf Marcels Manipulationen aufmerksam. Sie merkten sich den Strauch und nahmen am 6. Tag nach Marcels Verurteilung, einen Tag vor dem 13. September, ein paar Blätter mit. An einer Parkbank zündeten sie ein kleines Feuer an, rösteten die Blätter und vermischten die zerbröselten Blätter mit ihrem Grobschnitt.
Die Wächter schienen auf die Wirkung der Tabakmischung sehr gespannt zu sein, aber sie sparten sich die Überraschung bis zum Abend auf. Nach dem Abendbrot ging Marcel wie gewöhnlich zu seinem letzten Spaziergang in den Park hinunter, und die beiden Schläger folgten ihm auf dem Fuß. Der Elsässer steuerte das Modellager an, das mitten in dem künst-

lichen Dschungel stand, setzte sich auf eine Bank und steckte seine Pfeife an. Arminius und Sigimer räkelten sich auf einer Bank in der Nähe und pafften bald dicke Wolken.
Keine fünf Minuten später sackten die zentnerschweren Teutonen zusammen, schwankten auf ihrem Sitz, ihr Blick wurde glasig, das Blut schoß ihnen in den Kopf. Bald sanken die Arme schlaff herab, und ihre Vierkantschädel schlugen auf die Holzlehne der Gartenbank. Beiden waren die Pfeifen aus den Fingern geglitten.
Marcel beobachtete sie in höchster Spannung. Nach Minuten endlich schnarchten die beiden Muskelprotze, und Marcel hatte Angst, sie würden bald den Abendgesang der Vögel von Stahlstadt übertönen.
Während er sich nach allen Seiten umschaute, sprang er zum Modellager hinüber, in dem seit Gründung von Stahlstadt jedes Produkt der Schultze-Werke im Holzmodell, nach dem die Ton-Gußformen hergestellt wurden, aufbewahrt wurden. Mit der Zeit war hier ein technisches Museum entstanden mit hydraulischen Motoren, Lokomotiven, Dampfmaschinen, Lokomobilen, Pumpen, Turbinen, Bohrmaschinen, Schiffstriebwerken, Schiffsrümpfen, allen Arten von schweren Waffen, Torpedos, Geschützen und vielem anderen. Bis ins kleinste Detail entsprachen diese Modelle dem Original.
Den Stierturm konnte Marcel nicht zerstören, aber wenigstens den wertvollen Modellsaal wollte er in Schutt und Asche sinken sehen. Er wartete, bis es vollkommen dunkel war, und schlich sich dann in das Gebäude. In der Modelltischlerei fand er, was er suchte. Schnell nahm er eine Stahlsäge vom Haken und ließ sie in seiner Tasche verschwinden. In einer Ecke des großen Saals lagen Aufrißzeichnungen übereinander, und daneben standen Modelle aus leichtem Weidenholz. Marcel zündete ein Streichholz an, warf es unter die Papiere, rannte schleunigst aus dem Gebäude und versteckte sich in der Nähe. Minuten später wurde die Alarmanlage ausgelöst, und in ganz Stahlstadt schrillten die elektrischen Klingeln. Als die Werksfeuerwehren mit ihren Dampfspritzen und Sirenengeheul in den Park gerast kamen, schlugen die Flammen schon durch die oberen Fenster, denn das ausgetrocknete Holz im Innern brannte wie Zunder.
Da tauchte auch Herr Schultze persönlich auf und trieb seine Mannschaften zu höchster Eile an. Es dauerte nur ein paar Mi-

Da konnten auch die Werksfeuerwehren nichts ausrichten, und mit dem Rauch wälzten sich riesige Dampfwolken in den Himmel.

nuten, bis der Druck in den Dampfkesseln stieg, und dann schlug ein Wasserstrahl nach dem anderen gegen das brennende Gebäude, auch das Dach wurde mit den stärksten Düsen bespritzt. In der Hitze des lichterloh brennenden Modellagers verdunstete das Löschwasser aber schneller, als daß es zu löschen vermochte, und mit dem Rauch wälzten sich riesige Dampfwolken in den Himmel. Der Brand fraß sich immer weiter, die Flammen schlugen schon aus dem Dach und warfen bizarre Schatten in den dunklen Park.

Herr Schultze schrie die Feuerwehrleute an und jagte sie immer wieder an die Feuersbrunst heran, aber auch er mußte bald einsehen, daß die Modellhalle verloren war. Marcel lag noch immer in seinem Versteck und verfolgte jede Bewegung des Stahlkönigs.

Auf einmal hörte er durch das Geknister des Feuers hindurch Herrn Schultze aus Leibeskräften brüllen:

»Wer mir das Modell 3175 heil aus der mittleren Abteilung holt, kriegt 10 000 Dollar Belohnung!«

Marcel wußte, daß mit der Nummer 3175 das Modell der Schultzeschen Superkanone gemeint war. Den Umstehenden schien ihr Leben doch lieber zu sein als die 10 000 Dollar, keiner meldete sich. Alle sahen nur gebannt in die Flammen. Die Chance, aus diesem Inferno noch einmal heil herauszukommen, verringerte sich für jeden von Sekunde zu Sekunde.

Als Herr Schultze noch einmal nach dem unbekannten Helden rief, kroch Marcel aus seinem Versteck hervor und stellte sich vor ihn hin.

»Ich hole das Modell.«

»Was, Sie?«

»Ja, ich.«

»Aber ich sage Ihnen gleich, an dem Todesurteil ändert sich nichts, auch wenn Sie mein schönes Modell retten.«

»Das weiß ich«, antwortete Marcel, »es geht mir nicht um mein Leben, sondern nur um die Modellkanone.«

»Dann hau ab, und ich verspreche hier unter Zeugen, daß die Belohnung an deine Erben überwiesen wird, wenn du lebend herauskommst.«

»Vielen herzlichen Dank!« rief Marcel und lief zu den Feuerwehren hinüber, um sich ein Atemgerät zu holen. Die Feuerwehrleute banden ihm die Stahlflasche auf den Rücken, verschlossen ihm die Nase mit der Klammer, und Marcel ver-

schwand mit dem Mundstück zwischen den Lippen in einer Qualmwolke.
Im großen Saal schlug ihm ein Funkenregen entgegen, und um ihn herum fuhren krachend verkohlte Balken herab. Blitzschnell schlängelte er sich zwischen Trümmern und brennenden Holzhaufen hindurch und näherte sich der Hinterwand des Gebäudes. Marcel hatte gerade die Mauer erreicht, da krachte das Dach zusammen. Die Flammen loderten hell auf, und ein Funkenhagel überschüttete die Umgebung.
Marcel riß die Tür zum Hinterausgang auf und rannte in den dunklen Park hinein, ließ sich die Uferböschung des Flüßchens hinabrutschen und versank in der schnellen Strömung. Das Wasser war keine 3 m tief, Marcel ließ sich willenlos davontreiben, dem Ausfluß aus dem Park entgegen.
Plötzlich wurde es um ihn herum vollkommen dunkel. Die Strömung hatte ihn in das Rohr hineingezogen, das den Seeabfluß unter Stahlstadt hinwegführen mußte. Da der Abfluß die Röhre vollkommen ausfüllte, konnte Marcel nur noch durch das Mundstück seines Apparats atmen.
Minute um Minute verging. Marcel hoffte verzweifelt, daß der Kanal bald ins Freie mündete, denn der Luftvorrat reichte nur für 15 Minuten. Plötzlich blieb er an einer Sperre hängen, durch die das Wasser weiterströmte. Ein Eisengitter, das zu beiden Seiten festgemacht war, schloß die Röhre ab.
Während er sich gegen die Strömung stemmte, zog er die Säge aus der Tasche und begann damit das Gitter zu bearbeiten.
Durch die Anstrengung verbrauchte er soviel Luft, daß der Luftvorrat nach 5 Minuten schon beinahe erschöpft war. Mit angehaltenem Atem sägte er weiter, aber vor Schwäche fiel ihm auch die Säge aus der Hand.
»Jetzt ist es aus«, dachte er.
Mit letzter Anstrengung warf er sich gegen das Gitter. Es zerbrach, und der bewußtlose Taucher wurde von der Strömung mit fortgerissen.

10

Im August desselben Jahres war in der lachsroten Zeitschrift »Die neue Zeit« ein langer Artikel erschienen, der sich mit der Stadt France-Ville beschäftigte, nachdem die reichsdeutsche Presse jene sensationelle Gründung über Jahre hinweg geflissentlich übergangen hatte.

»Amerika, das Land der unbegrenzten Möglichkeiten. – In der europäischen Öffentlichkeit ist vielfach der Eindruck entstanden, das amerikanische Potential sei allmählich erschöpft, und die Sterne der Vereinigten Staaten seien schon im Sinken. In Wirklichkeit werden wir beinahe täglich durch sensationelle Meldungen von jenseits des Ozeans überrascht. Über eines der seltsamsten Ereignisse aus dem amerikanischen Schmelztiegel wollen wir heute berichten, die Gründung der geheimnisumwitterten Stadt France-Ville.

Auf den Atlanten und Karten wird man den Namen dieser Stadt vergeblich suchen. Sogar auf dem von Tüchtigmann herausgegebenen großen Atlas in 378 Foliobänden, in denen jeder Gartenzaun der Alten und Neuen Welt maßstabsgerecht eingezeichnet ist, ist das Gelände France-Villes noch als weißer Fleck eingetragen. Bei Redaktionsschluß dieses geographischen Riesenwerkes war unter den Koordinaten 43° 11′ 3″ nördlicher Breite und 124° 41′ 17″ ein unfruchtbarer Küstenstrich zwischen dem Pazifik und den Rocky Mountains angegeben.

Die Initiatoren des France-Ville-Projekts haben sich sehr genau überlegt, weshalb sie gerade dieses Stück Land als Baugrund für ihre Stadt wählten. Der Lage nach zählt das Gebiet im amerikanischen Staat Oregon zu den gemäßigten Zonen, im Osten und Norden schützen die Wälle des Kaskadengebirges vor rauhen Bergwinden, dafür hat die gesunde Seeluft von Westen her ungehinderten Zugang zu der Stadt. Ein sauerstoffhaltiger Gebirgsfluß bewässert den Boden, und ein Vorgebirge bildet einen natürlichen Hafen. Daneben spielten auch politische Gründe eine Rolle. Die Regierung der Vereinigten Staaten sicherten der Stadt einen autonomen Status zu, wie ihn in Europa etwa Monaco beansprucht. Ein Staatsvertrag sollte später die Eingliederung in den amerikanischen Staatenbund regeln.

Die Initiatoren entschieden sich für dieses Terrain, bevor sie überhaupt einen Fuß auf amerikanischen Boden gesetzt hatten. Als zwei Beauftragte des Gründungskomitees in Liverpool an Bord eines Transatlantikdampfers gingen, wußten sie über die Beschaffenheit des Baugrundes nicht schlechter Bescheid, als nach ihrem Besuch in den Vereinigten Staaten. Sie waren nur unangenehm überrascht, als sie in der Nähe der künftigen Stadt neben Marmor- und Kaolinvorkommen auch Goldklumpen fanden. Man wollte die Gründung France-Villes schon wieder abblasen, da Goldsucherei und ihre moralischen Gefahren mit den Sozialtheorien der Initiatoren nicht vereinbar sind, als sich die scheinbaren Goldadern als zufällige Ansammlung von einem Dutzend Goldkörnchen erwiesen.
Nachdem die beiden Beauftragten mit dem Gouverneur von Oregon verhandelt und ein paar Grundstückseigentümer mit ein paar 1000 Dollar abgefunden hatten, wurde das Gelände vermessen, analysiert und verplant. Unmittelbar danach wurden überall in Kalifornien Plakate angeschlagen, im Transkontinentalexpreß hingen Prospekte aus, und in den 23 Zeitungen von San Francisco erschienen täglich Anzeigen. Auf die erste Werbeaktion hin meldeten sich 20 000 chinesische Kulis zum Aufbau von France-Ville, und 500 europäische Ingenieure und Vorarbeiter wurden als Stabsabteilung engagiert.
Mehrere amerikanische Werbegesellschaften hatten sich erboten, die Ausschreibungen zum Bau der Stadt in Riesenbuchstaben zu Vorzugspreisen in die Felswände längs der großen Bahnlinie einzumeißeln. Eine Abwerbung von Arbeitskräften in größerem Stil erwies sich jedoch als überflüssig. Durch die Masseneinwanderung von Chinesen war der amerikanische Arbeitsmarkt seit einiger Zeit so sehr aus dem Gleichgewicht, daß einige Staaten dazu übergingen, die chinesischen Gastarbeiter im Interesse von Ruhe und Ordnung gewaltsam über die Landesgrenzen zu jagen. Aus diesen Flüchtlingsströmen rekrutierten sich hauptsächlich die Arbeitsheere für France-Ville. Jeder Arbeiter verdiente ohne Rücksicht auf Alter und Leistung einen Dollar pro Tag, der allerdings nicht ausgezahlt, sondern auf einem Sperrkonto gutgeschrieben wurde. Unterkunft, Essen und Kleidung wurden von der Stadtverwaltung zur Verfügung gestellt. Durch diese Maßnahme wurden jene verbrecherischen Spekulationen unterbunden, die einer Massenumsiedlung von Arbeitskräften meist auf dem Fuße folgen.

Wollte ein chinesischer Arbeiter sein Geld ausbezahlt bekommen, erhielt er zwar seinen Lohn, wurde aber gleichzeitig fristlos entlassen und mußte sich verpflichten, nie mehr nach France-Ville zurückzukehren. Auf diese Weise hofften die Stadtväter ihre später überflüssigen Arbeitskräfte wieder loszuwerden. Von dem Zeitpunkt an, wo die Stadt aufgebaut und voll funktionsfähig war, sollten möglichst alle Chinesen wieder abgewandert sein, um den Einfluß der asiatischen Moral auf den reinen Geist der Stadt zu unterbinden.

Die Idee und Konzeption von France-Ville soll übrigens ein gewisser Dr. Sarrasin, ein französischer Arzt, entwickelt haben. Mit Sicherheit wissen wir aber nur, daß er das Kapital bereitgestellt hat. Dieses Kapital stammt aus einem Erbe, das eigentlich dem berühmten Stahlkönig Prof. Schultze zusteht, durch juristische Manipulationen aber unter den beiden Herren aufgeteilt werden mußte. Unseren Lesern können wir somit versichern, daß diese Stadt mit eigentlich deutschem Geld errichtet wird.

Wo Kapital ist, da lassen die Aufträge nicht lange auf sich warten. Kaum waren im Winter 1872 die Ausschreibungen veröffentlicht, da luden Dutzende von amerikanischen Firmen alle Arten von Baumaterial an den provisorischen Kais von France-Ville ab. Die Stadtväter waren vollkommen ratlos. In nächtelangen Sitzungen entschieden sie sich dafür, grundsätzlich nur zwei Arten von Baustoffen zuzulassen: Quadersteine zum Bau von öffentlichen Gebäuden und zur Dekoration, und Ziegelsteine zum Aufmauern der Wohnhäuser. Nur sauber gebrannte, leichte und genau gleichgroße Ziegelsteine sollten verwendet werden, die außerdem regelmäßig durchlöchert sein mußten. Die Häuser sollten so im Verband aufgemauert werden, daß ein Loch ins andere überging und eine ungehinderte Luftzirkulation innerhalb der Mauer ermöglichte. Oben und unten mußte die Luft ungehinderten Zutritt haben. Auf diese Weise, so erklärten die Stadtväter, würden die Häuser nicht nur gegen die Witterung besser isoliert, auch der Schall würde stark gedämpft, so daß sich die Väter besser konzentrieren und die Kinder lauter schreien konnten.

Die Formalisten in der Gründungsversammlung hatten vorgeschlagen, einen einheitlichen Haustyp zu konstruieren und vorzuschreiben. Die Mehrheit stimmte dagegen, räumte aber ein, daß sich jeder Bauherr an bestimmte Regeln halten müsse. We-

nig später wurde ein Rundbrief herausgegeben, der die Baugesetze von France-Ville enthielt.

1. Alle Häuser France-Villes müssen für sich stehen, um sie herum ist ein Garten mit Bäumen, Rasen und Blumen anzulegen. In einem Haus darf nur eine Familie wohnen. Zweifamilienhäuser sind ausdrücklich verboten.

2. Höher als zwei Etagen darf auf keinen Fall gebaut werden. Im Einzelfall ist die Bauweise mit der Höhe der Nachbarhäuser abzustimmen. Das Wegnehmen von Licht und Luft gilt als Diebstahl.

3. Die Fassaden sämtlicher Häuser müssen 10 m hinter die Straße zurücktreten. Gegen die Straße sind die Grundstücke mit einem brusthohen Zaun abzuschließen, der Zwischenraum zwischen Zaun und Fassade ist mit Blumenbeeten auszufüllen.

4. Als Baumaterial sind ausschließlich Standard-Ziegelsteine vorgeschrieben. Der Architekt kann jedoch selbst bestimmen, ob sein Haus im Läufer-, Nonnen- oder Mönchsverband aufgemauert werden soll.

5. Als Dachform sind nur Flachdächer erlaubt, mit leichtem Gefälle nach allen Seiten. Sie müssen an der Oberfläche geteert werden, und an den Dachkanten müssen Schutzgitter von ausreichender Höhe befestigt sein. Es ist auch strikt dafür Sorge zu tragen, daß Regenwasser ungehindert abfließen kann.

6. Jedes Haus muß mit einem Gewölbe unterkellert werden, das nach allen Seiten Öffnungen besitzt. Es dient somit als Belüftungsanlage und als geräumige Halle für festliche Gelegenheiten. Wasser- und Kanalisationsrohre müssen gut sichtbar am Mittelpfeiler des Kellergewölbes entlanggeführt werden, damit sie jederzeit ungehindert inspiziert werden können, und damit im Fall einer Feuersbrunst die Wasserleitung leicht erreichbar ist. Die Kellerdecke muß mindestens einen halben Meter über das Niveau der Straße hinausragen, der Kellerboden ist gleichmäßig mit feinem Sand zu bedecken. Küche, Toilette und Keller sind mit einer eigenen Treppe abseits vom Wohntrakt zu verbinden, damit ästhetisch nicht immer vertretbare Haushaltsarbeiten außerhalb der Wohnung durchgeführt werden können.

7. Die Küchen, Toiletten und Nebenräume dürfen nur im obersten Stockwerk eingerichtet werden und müssen einen direkten Zugang zum Dach besitzen. Um die Belieferung der Küchen zu erleichtern, können mechanische Aufzüge eingebaut werden, die

ebenso wie Wasser und Strom über die Stadt zu ermäßigten Preisen bezogen werden können.
8. Der Grundriß der Wohnungen und die Einrichtung können vom Bauherrn selbst bestimmt werden. Es ist allerdings strengstens verboten, zwei ganz gefährliche Krankheitsherde, Brutstätten von Bakterien und giftigen Substanzen, mit in die Häuser einzubringen: hinweg mit Teppichen und Tapeten! Auch vom Standpunkt einer fortschrittlichen Wohn-Ästhetik ist nicht einzusehen, weshalb viele Menschen ihren ganzen Stolz darin erblicken, die schönsten Parkettböden mit irgendwelchen orientalischen Schmutzsammlern zu bedecken. Auch wird sich das Auge weit mehr an dem abwechslungsreichen Farbenspiel polierter und versiegelter Ziegelsteine erfreuen, die schon die Hallen Pompejis verziert haben, als an schlecht geklebten Papierbögen mit abgeschmackten Blumenmustern, hinter denen die fürchterlichsten Bazillen lauern. Die Wände müssen ebenso wie die Fenster einmal wöchentlich mit Seifenlauge abgewaschen werden, um Krankheitsherde im Keim zu ersticken.
9. Schlafzimmer und Boudoirs müssen streng getrennt werden. Da der Mensch ein Drittel seines Lebens verschläft, ist auch dem Schlafzimmer eine entsprechende räumliche Bedeutung zuzumessen. Schlafzimmer wird grundsätzlich der größte Raum der Wohnung, die Bewohner haben für ausgezeichnete Belüftung zu sorgen und für eine anspruchslose Einrichtung. Das Standard-Schlafzimmer in France-Ville besteht aus vier Stühlen, einem Eisenbett, einer mehrteiligen Sprungfedermatratze und einer Wolldecke, die täglich auszuklopfen ist. Daunenbetten, Steppdecken und ähnliche europäische Bazillenträger sind streng verboten. Statt dessen sind gute Wolldecken vorgeschrieben, die leicht sind, gut warmhalten und vor allem einfach zu reinigen sind. Bei Vorhängen und anderen Möbelstoffen ist darauf zu achten, daß sie aus pflegeleichtem Material bestehen.
10. Jedes Zimmer soll mit einem eigenen Kamin geheizt werden. Ob mit Holz oder Kohle, kann der Hausherr selbst entscheiden. Für jeden Kamin muß eine besondere Belüftungsklappe installiert werden. Der Rauch darf auf keinen Fall durch das Dach nach oben abgeleitet werden. Jeder Rauchabzug muß vielmehr an ein unterirdisches Röhrensystem angeschlossen werden, das in eine mit städtischen Mitteln unterhaltene Spezialofenanlage mündet. In dieser Anlage, die den Rauch von 200 Häusern aufnehmen kann und hinter den Häusern aufge-

stellt ist, werden sämtliche Kohlepartikel entfernt. Danach wird der Rauch als farbloses Gas in einer Höhe von 35 m in die Luft abgeblasen.
Das sind die zehn Hausgebote, die jeder Bauherr beachten muß.
Es sind noch die einfachsten Regeln, die von den Gründern France-Villes aufgestellt worden sind. Auch die Stadtplanung, das Schulwesen, soziale Einrichtungen und ein besonderes Stadtrecht mußten durchdacht und ausgearbeitet werden.
Im Gegensatz zu den Städten der Alten Welt wurde France-Ville als unendlich ausbaufähige Stadt konzipiert. Die Abstände zwischen den rechtwinkeligen Straßenkreuzungen sind immer gleich. Alle Straßen haben die gleiche Breite, sind durch gleichmäßige Baumreihen eingefaßt und unterscheiden sich nur durch ihre Nummern. Alle halben Kilometer stößt man auf eine Straße, die um ein Drittel breiter ist als die gewöhnlichen Straßen. Es sind entweder Avenuen oder Boulevards. Eine Seite der Boulevards nimmt den Unterbau für Pferde- oder Stadtbahnen auf. An jeder Kreuzung ist ein öffentlicher Garten angelegt, in dem Abgüsse der berühmtesten Skulpturen aufgestellt sind. Sie sollen später einmal von Meisterwerken aus France-Viller Ateliers ersetzt werden.
In der Stadtverfassung von France-Ville ist niedergelegt, daß Handel und Gewerbe frei ausgeübt werden können. Wenn jemand eine Aufenthaltsgenehmigung für France-Ville erwerben will, muß er ausgezeichnete Referenzen vorlegen, eine abgeschlossene Berufsausbildung vorweisen und sich im Rahmen der Stadtgesetze zu einer Tätigkeit im Rahmen von Industrie, Wissenschaft oder Kunst verpflichten. Für Gammler und Clochards ist der Aufenthalt verboten. Gleich nach der Gründung von France-Ville haben die Stadtväter den Bau von öffentlichen Gebäuden in Angriff genommen. Heute verfügt die Stadt über eine Kathedrale, mehrere Kapellen, Museen, Bibliotheken und mehrere Volksschulen und Gymnasien. Was Ausstattung und Hygiene betrifft, stehen die Schulen France-Villes beispielgebend da für die ganze Welt.
Kinder werden mit vier Jahren schulpflichtig. Das Erziehungssystem berücksichtigt gleicherweise die geistige und körperliche Entwicklung der Kinder. An oberster Stelle steht das Gebot der Reinlichkeit, das den Kindern im Lauf weniger Jahre schon so in Fleisch und Blut übergegangen ist, daß sie sich über einen

winzigen Fleck auf ihren Werktagskleidern schon zu Tode schämen.
Die sowohl individuelle als auch kollektive Reinlichkeit ist das Lebensprinzip der Stadt. Ihre Bewohner verbringen einen großen Teil ihrer Freizeit mit kehren, säubern, waschen, reinigen und putzen. Die Stadtverwaltung verbraucht den größten Posten ihres Etats bei der Müllabfuhr, Straßenreinigung und Abwasserverwertung.
Voraussetzung jeder Sauberkeit ist ein ausreichender Wasservorrat. Überall in France-Ville kann Wasser entnommen werden, die hölzernen geteerten Straßen und die Bürgersteige aus Steinplatten werden täglich gewaschen.
In France-Ville wurden gleich zu Anfang mehrere Fachschulen für Hygiene eingerichtet, in denen die städtischen Gesundheitspolizisten ausgebildet werden. Sämtliche Lebensmittel unterliegen einer ständigen Überwachung durch Polizeibeamte. Jeder Händler, der ein faules Ei, verdorbenes Fleisch oder verdünnte Milch verkauft, wird wegen versuchten Giftmords angeklagt.
Zum Dienstbereich der Gesundheitspolizei gehören auch die öffentlichen Dampfwäschereien mit Trockenräumen und Desinfektionsanstalten. Unterwäsche muß grundsätzlich gebleicht werden, und die Wäsche einer Familie darf niemals mit der Wäsche einer anderen Familie in Berührung kommen.
Die Stadtverwaltung hat sich von vornherein auf die Errichtung einiger weniger Krankenhäuser beschränkt. Nur ganz schwere Fälle oder Obdachlose sollen in die Kliniken aufgenommen werden, alle anderen Kranken werden zu Hause gepflegt. Die Stadt unterhält ein ganzes Kontingent geschulter und lizenzierter Krankenschwestern, die im Fall einer Krankheit in die Privathäuser ziehen, den Kranken pflegen und vor allem jede weitere Ansteckung zu verhindern suchen.
Die völlig überholte Idee des Großkrankenhauses haben die Verantwortlichen unverzüglich zum alten Eisen geworfen. Der wichtigste Grundsatz der in France-Ville praktizierten Therapie ist, Kranke nicht zusammenzulegen, sondern zu trennen. Jede Klinik hat höchstens 20 bis 30 Einzelzimmer. Sie ist als Baracke aus leichtem Weidenholz konstruiert und wird jedes Jahr verbrannt. Diese Bauweise erlaubt es auch, die Kliniken an jeweils der Stelle einzurichten, wo sie am nötigsten gebraucht werden.
Bei der Ankunft in France-Ville wird jedem Einwanderer die

Broschüre ›Mein Kampf gegen die Krankheit‹ ausgehändigt. Er erfährt darin in einer verständlichen und dennoch wissenschaftlich exakten Sprache, wie er seine Gesundheit im täglichen Leben erhalten kann. Es wird ihm geraten, nicht nur den Körper, sondern auch das Gehirn anzustrengen, nur sauberes Wasser zu trinken, gutes Fleisch und leichtes Gemüse zu essen, nicht zu rauchen, keinen Alkohol und keinen Kaffee zu trinken und täglich 7 bis 8 Stunden bei frischer Luft zu schlafen. Da neun Zehntel aller Krankheiten durch Bakterienübertragung entstehen, wird der Bürger zu größter Sauberkeit angehalten, seine Wohnung und seinen persönlichen Lebensbereich soll er deshalb wie kleine Quarantänestationen organisieren.
Selbst bei kritischer Betrachtung kann man das Wachstum und den Erfolg dieser neuen Stadt im Fernen Westen nur bewundern. Ein Jahr nach der Gründung standen auf dem Boden France-Villes schon 6000 Hochbauten, im Jahr 1874 waren es bereits 9000. Das rasante Wachstum der Stadt rührt vor allem daher, daß die Stadtverwaltung gleich ganze Straßenzüge geschlossen gebaut und die Standardhäuser ziemlich billig vermietet hat. Viele kamen auch nur aus purer Neugier nach France-Ville. Manchen Einwanderer hat die Zollfreiheit und politische Selbständigkeit gereizt, andere das gemäßigte Seeklima. France-Ville zählt heute 100 000 Einwohner.
Der innere Erfolg France-Villes ist womöglich noch staunenswerter. Während die Sterblichkeitsziffer in den modernen europäischen und amerikanischen Großstädten zur Zeit bei jährlich 3 % liegt, stieg die Sterblichkeitsziffer in France-Ville im Schnitt der letzten fünf Jahre nie über 1,5 %, wobei kurz nach der Gründung eine Sumpffieberepidemie die Ziffer nach oben gedrückt hatte. Im letzten Jahr ist die Sterblichkeit auf 1,25 % gesunken. Die häufigsten Todesursachen waren vererbte Krankheiten, während infektiöse Krankheiten fast gänzlich verschwunden sind oder harmlose Formen angenommen haben. Echte Epidemien sind in France-Ville nicht aufgetreten.
Über den weiteren Verlauf dieses epochemachenden Experiments werden wir unsere Leser noch unterrichten. Wir warten gespannt darauf, ob es den Verantwortlichen in France-Ville gelingen wird, mit Hilfe einer wissenschaftlich begründeten Kultur krankhafte Erbanlagen über eine oder mehrere Generationen hinweg verschwinden zu lassen. Eines der Gründungsmitglieder hat vor kurzem die Ansicht vertreten, die Bewohner

France-Villes würden bald ein durchschnittliches Höchstalter von 90 bis 100 Jahren erreichen und wie gesunde Tiere und Pflanzen allein an Altersschwäche sterben.
Wir vermögen diesen Optimismus nicht ganz zu teilen. Die romanischen Leiter des Unternehmens haben ihre ganze Mühe darangesetzt, das germanische Element systematisch aus ihrer Gemeinschaft auszuschließen. In das große Experiment hat sich damit ein verhängnisvoller Fehler eingeschlichen. Ohne die Deutschen ist auf der Welt nichts Dauerhaftes geschaffen worden, und ohne die Deutschen wird auch nichts geschaffen werden. Wir Deutschen sind schließlich wer. Es geht nicht ohne uns. Entweder läßt man uns mitspielen, oder dort, wo wir hinhauen, wird kein Gras mehr wachsen. Es sage hinterher keiner, er sei nicht gewarnt gewesen.«

11

Dr. Sarrasin saß wie immer mit seiner Frau und seinen beiden Kindern auf der Terrasse seines Hauses, das er sich bald nach der Gründung von France-Ville in der Nähe des Strandes hatte bauen lassen. In der Stadt war soeben Dienstschluß, in den blitzblanken Straßen drängten sich die Menschen, während allmählich von See her eine erfrischende Brise aufkam.
Octave wohnte erst seit kurzem in France-Ville. Nach der Abreise seiner Familie war er in Paris geblieben und hatte, solange Marcel bei ihm wohnte, auch fleißig die Schule besucht, aber durch die Abschlußprüfung war er mit Glanz und Gloria gefallen.
Den Schreibtisch hatte er bald danach mit dem Bock eines luxuriösen Vierspänners vertauscht, und er jagte seine Pferde ständig zwischen seiner neuen Wohnung in der Avenue Marigny und den großen Pariser Rennbahnen hin und her. Ein englischer Groom, den er bei sich anstellte, hatte ihn bald zu einem der besten Pferdekenner Frankreichs erzogen.
Morgens machte er seinen Rundgang bei Schneidern, Sattlern und Schuhmachern, abends besuchte er Kabaretts und die neuen Salons in der Rue Trouchet, wo man ihn endlich einmal anhimmelte. Hier fiel er sogar unter einem Club von internationa-

len Adligen auf, und mit der Zeit avancierte er zum Idol seiner Zech- und Spielbrüder. Es galt als schick, zu reden wie Octave, die selben Krawatten zu tragen wie Octave und die gleichen Sentenzen zu verkünden.
Der Kontakt zu Marcel war allmählich fast ganz abgebrochen. Sie schrieben sich nur noch selten, denn sie hatten sich nicht mehr viel zu sagen. Mit Marcels geliebter Arbeit wollte Octave nichts mehr zu schaffen haben, und Marcel fand wenig Interesse an Octaves Rennbahnaffären und Spieltischamouren.
Zwei Jahre hatte Octave dieses Leben durchgehalten, aber es hatte Millionen gekostet. Eines Tages war er Hals über Kopf aus Paris abgereist, und jetzt lebte er bescheiden bei seinen Eltern. Seine Schwester Jeanne hatte sich in der Zwischenzeit zu einer hübschen jungen Frau entwickelt, aber ihr Vater besah sie manchmal mißtrauisch und meinte, sie sei ja schon eine halbe Amerikanerin.
Die Familie Sarrasin hatte Tischgäste an diesem Abend, Colonel Hendon, einen Veteranen des Sezessionskrieges, der bei Pittsburgh einen Arm und bei Seven Oaks ein Ohr verloren hatte, und Herrn Lentz, den Schulsenator von France-Ville.
Die Herren unterhielten sich angeregt über verschiedene Fragen des Krankenhausbaues, der Krankenversicherung und der Schulen. Schulsenator Lentz referierte ausführlich über den Aufbau der Volksschulen, den er geleitet hatte, und den von ihm eingeführten Schulunterricht nach modernsten pädagogischen Erkenntnissen. Er entwickelte vor seinen gespannt lauschenden Zuhörern die Theorie des intellektuellen Turnens. Nach seiner pädagogischen Methode müsse den Kindern vor dem Fach selbst die Liebe zum Fach eingepaukt werden, um jedes bloße Halbwissen von vornherein auszuschalten, das nach Montaigne »nur auf der Oberfläche des Gehirns treibt«. Nachdem die Intelligenz der Kinder entsprechend auf Vordermann gebracht sei, könnten sie fast ohne Gewaltanwendung weiter ausgebildet werden. Das wesentlichste Ziel der Erziehung sei nach wie vor natürlich die Hygiene, denn ohne körperliche Ertüchtigung und Reinheit könne auch die sauberste Gesinnung nichts ausrichten.
»Wenn ich Ihnen jetzt die Leistungen unserer vielen jungen Maler, Bildhauer und Musiker, die bei uns ausgebildet wurden, vorführen könnte, würden Sie mir darin zustimmen, daß France-Ville auf dem besten Weg ist, ein Athen der Neuen Welt zu werden!« sagte Herr Lentz begeistert.

»Ich finde«, antwortete Colonel Hendon, »wir sollten eher Sparta als Athen zum Vorbild nehmen. Allzuviel Kunst verweichlicht, das hatte schon Platon erkannt. Und ich sehe es fast täglich bei der militärischen Ausbildung: die Maler und Komponisten machen bei unseren Geländemärschen immer als erste schlapp. Deshalb schlage ich vor, die soldatische Ausbildung noch mehr als bisher in den Schulunterricht einzubeziehen und jede Form von Defaitismus und Wehrdienstverweigerung gnadenlos auszumerzen.«

»Treffen Sie ruhig die notwendigen Maßnahmen«, sagte Dr. Sarrasin. »Mir kommt es nur darauf an, daß France-Ville militärisch autark ist und sich selbst verteidigen kann. Dennoch empfehle ich Ihren Ausbildern, die Künstler unter den Rekruten wenigstens in der Grundausbildung etwas nachsichtiger zu behandeln.«

Soeben hatte die Gesellschaft ihren Nachtisch aufgegessen, und die Damen zogen sich nach guter englischer Sitte zurück. Dr. Sarrasin, Octave Sarrasin, Colonel Hendon und Herr Lentz hatten sich gerade zu einem Gedankenaustausch in Sachen politischer Ökonomie zusammengesetzt, da meldete sich der Hausdiener und brachte die neueste Ausgabe des *New York Herald.*

Diese Zeitung wurde im Hause Sarrasin sehr gern gelesen, denn sie berichtete über die neuesten Ereignisse in France-Ville ausführlich und wohlwollend. Selbst wenn sie hie und da einen kritischen Kommentar veröffentlichte, fühlten sich die Stadtväter France-Villes niemals beleidigt, sondern gingen dem Anlaß der Kritik auf den Grund. Dr. Sarrasin ließ es sich deshalb nicht nehmen, mitten im Gespräch das Kreuzband aufzumachen und den *New York Herald* auseinanderzufalten.

Mit erwartungsvollem Lächeln überflog der Doktor die erste Seite, doch plötzlich wurde er blaß, steckte die Nase tief ins Blatt, rieb sich die Augen, schließlich riß er sich zusammen und las seinen Gesprächspartnern vor:

»*New York, 8. September. Eigener Bericht. — Ein fürchterliches Attentat auf die Grundsätze des Völkerrechts ist geplant. Wie wir aus unterrichteten Kreisen erfahren, ist in Stahlstadt Mobilmachung verkündet worden, und alle Anzeichen deuten darauf hin, daß die von Franzosen gegründete Stadt France-Ville angegriffen und restlos zerstört werden soll. Bis zur Stunde ist nicht bekannt, ob es mit der Verfassung der USA zu vereinba-*

ren ist, daß die Bundesregierung in eine militärische Auseinandersetzung zwischen den Machthabern exterritorialer Staatsgebilde eingreift. In jedem Fall kommt dem geplanten Überfall mehr als die Bedeutung eines lokalen Handstreichs zu, die Propaganda Stahlstadts läßt vielmehr erkennen, daß wir Amerikaner Augenzeuge der gewalttätigen Unterdrückung der romanischen durch die sächsische Rasse werden sollen. Bis zur Klärung der Rechtslage von seiten der Bundesregierung können wir nur hoffen, daß die Verwaltung der Stadt France-Ville unverzüglich Maßnahmen zur Verteidigung der Bevölkerung trifft.«

Dr. Sarrasin und seine Gesprächspartner waren wie vom Donner gerührt. Es war zwar ein offenes Geheimnis, daß der Stahlkönig seine Stadt absichtlich in der Nähe von France-Ville errichtet hatte, um die französische Mustersiedlung jederzeit überwachen zu können und mit der Politik der massiven Drohung gegen sie zu operieren. Aber Dr. Sarrasin hatte die Demonstration Stahlstädter Stärke bislang für einen Papiertiger gehalten, denn er konnte sich nicht vorstellen, daß irgendein Bewohner dieser Erde gegen ein Unternehmen zum Nutzen der ganzen Menschheit mit Gewalt vorgehen würde.

»Meine Herren!« rief er wehmütig. »Endlich ist es uns gelungen, die Sterblichkeit unter 1,25 % zu senken, endlich gibt es kein zehnjähriges Kind mehr, das noch nicht lesen und schreiben kann, endlich haben wir unsere Bürger soweit erzogen, daß sie nicht mehr morden und nicht mehr stehlen. Und da soll es Menschen geben, die unsere segensreiche Arbeit einfach zerstören wollen! Ich kann es nicht begreifen. Hat denn dieser Mann als Chemiker, als Wissenschaftler überhaupt keine Moral, auch wenn er hundertmal ein Germane ist?«

»Das nützt alles nichts«, sagte der Colonel, »die Warnung ist nicht zu überhören.«

»Ich kann es nicht fassen«, sagte Dr. Sarrasin. »Aber fassen Sie sich als Stadträte und äußern Sie Vorschläge, was wir unternehmen sollen.«

»Vielleicht sollten wir mit Prof. Schultze verhandeln«, sagte Herr Lentz.

»Das halte ich für vollkommen sinnlos«, antwortete Octave. »Denken Sie nur an Bismarck, dann wissen Sie, was ein Deutscher tut, wenn er die Wahl hat zwischen Krieg und Kompromiß.«

»Ich glaube, mein Sohn hat recht«, sagte Dr. Sarrasin. »Wir

müssen alle unsere Anstrengungen auf die Verteidigung konzentrieren. Ich frage mich allerdings, wie wir uns vor den Kanonen von Stahlstadt schützen sollen.«
»Theoretisch kann jede mechanische Aggression durch mechanische Mittel abgewehrt werden«, antwortete Colonel Hendon, »aber in der Praxis können wir die feindliche Aufrüstung auf keinen Fall mit einer Gegenrüstung beantworten. Es bleibt uns einfach keine Zeit, Kanonen zu bauen, wo wir bis jetzt nur Butter produziert haben. Unsere friedliche Industrie läßt sich nicht auf Kriegswirtschaft umstellen. Wir können uns und unsere Stadt nur dadurch retten, daß wir den Feind weit draußen abfangen.«
»Ich rufe jetzt den Stadtrat zusammen«, sagte Dr. Sarrasin und ging mit seinen Gästen ins Arbeitszimmer hinüber. Drei Wände des Zimmers waren mit Bücherregalen bedeckt, an der vierten Wand waren zwischen einigen Bildern und Plastiken eine Reihe kleiner numerierter Lautsprecher anmontiert.
Der Doktor drückte auf einen Knopf, und im gleichen Augenblick mußte bei jedem Stadtrat das Diensttelephon läuten. Ging einer von ihnen an den Apparat, dann leuchtete unterhalb des entsprechenden Lautsprechers bei Dr. Sarrasin ein kleines Lämpchen auf. Innerhalb von drei Minuten hatten sich alle Stadträte gemeldet. Dann schaltete der Doktor sein Mikrophon ein und eröffnete die Sitzung des Stadtrates:
»Ich eröffne die Sondersitzung des Stadtrates von France-Ville, und übergebe dem Verteidigungsexperten Colonel Hendon das Wort.«
Der Offizier setzte sich vors Mikrophon, verlas die Meldung des *New York Herald* und erbat Vorschläge zur Verteidigung der Stadt.
Die Lämpchen waren inzwischen wieder erloschen. Sobald einer der Teilnehmer sprach, leuchtete das entsprechende Lämpchen wieder auf. Zuerst ging bei Lautsprecher Nr. 6 das Licht an.
»Ist die Stadt mit dem gegenwärtigen Rüstungsstandard wirksam zu verteidigen?«
Nr. 7: »In welchem Zeitraum kann die Verteidigungsbereitschaft hergestellt werden?«
Nr. 1: »In welcher Höhe muß ein Investitionshaushalt aufgestellt werden, mit dem die Verteidigungsmaßnahmen finanziert werden können?«
Die Antwort Colonel Hendons konnten alle hören:

»Die Stadt kann verteidigt werden. Im Fall eines Angriffs von See her sind Torpedos vorhanden. Ich rechne mit einer Mobilmachungsfrist von 14 Tagen. Ich schlage dem Stadtrat vor, einen außerordentlichen Etat von 15 bis 20 Millionen zu verabschieden.«
Sofort meldete sich Nr. 4:
»Ich stelle den Antrag auf Einberufung der Bürgerversammlung.«
Dr. Sarrasin genehmigte die Antragstellung. Im Nu leuchteten alle Lämpchen auf, dem Antrag war einstimmig stattgegeben. Um 20.30 Uhr wurde die Stadtratssitzung nach 18 min Dauer wieder aufgehoben.
Dr. Sarrasin benachrichtigte sofort die Stadtverwaltung und ordnete die sofortige Bürgerversammlung an. An 280 Straßenkreuzungen schrillten daraufhin elektrische Klingeln, die an einem Mast montiert waren, und auf den darüber angebrachten Zifferblättern schnellten die Zeiger auf 20.30 Uhr.
Alle Bürger rannten auf die Straße und schauten nach dem nächsten erreichbaren Zifferblatt, während es 15 min ununterbrochen weiterklingelte. Jeder wußte, daß es seine nationale Pflicht war, Punkt 20.30 Uhr zur Vollversammlung im Stadthaus zu erscheinen.
Dr. Sarrasin saß mit den Stadträten am Präsidiumstisch, während Colonel Hendon am Rednerpult wartete. Immer noch strömten Leute in den großen Saal des Stadthauses, die meisten hatten übrigens schon erfahren, weshalb man sie zusammenrief. Ein schriftliches Protokoll der fernmündlichen Stadtratssitzung war unverzüglich an die Zeitungsredaktionen abgegangen, und kurz darauf wurden Extrablätter auf allen öffentlichen Plakatwänden angeschlagen.
Trotz der ernsten Lage kamen alle Bürger France-Villes mit strahlenden, gesunden Gesichtern in den glasüberdachten Stadthaussaal, der von unzähligen Gaskandelabern taghell erleuchtet war. Reichlicher Sportunterricht und hygienische Lebensweise hatten bei den France-Villern jeglichen Ausdruck von Aufregung und Nervosität verschwinden lassen; zudem wurden private oder öffentliche Wutanfälle disziplinarisch bestraft.
Disziplin war den Bürgern so selbstverständlich, daß sie in dem Augenblick, in dem die Glocke des Präsidenten zu läuten begann, auch schon den Mund hielten. Colonel Hendon nahm Haltung an:

»Mitbürgerinnen und Mitbürger! Wer von Ihnen den *New York Herald* oder unsere Extrablätter gelesen hat, weiß, warum wir seinen Feierabend gestört haben. Es geht um unser Gemeinwohl. Es geht darum, gemeinsam einen Anschlag abzuwenden, den das rußgeschwärzte Stahlstadt gegen unsere saubere Siedlung plant. Es liegt an Ihnen selbst, daß unsere mühsam erkämpfte Reinlichkeit erhalten wird. Defaitisten würden vielleicht das Feld räumen und deutschen Schmutz in ihre sauberen Hütten eindringen lassen. Aber unter uns gibt es keine Feiglinge. Wer sich unserer Idee einmal verschrieben hat, muß auch die Gesetze der allgemeinen Wehrpflicht bejahen. Als Helden des Fortschritts und der Hygiene werden wir alle unsere Kräfte aufbieten, um der Menschheit das Beispiel unserer Lebensweise und unserer Kunst zu erhalten, und wenn es darauf ankommt, werden wir unser Leben für ein gesünderes Leben aller Menschen einsetzen!«

Die Rede des Offiziers endete in einem Beifallssturm. Nacheinander standen mehrere Redner auf, unterstrichen den Gedanken der kollektiven Verteidigung, nur mit anderen Worten.

Danach ergriff Dr. Sarrasin das Wort und forderte die Einberufung eines Verteidigungsausschusses, der die erforderlichen Notstandsmaßnahmen unter strengster Geheimhaltung sowohl als Legislative als auch Exekutive vorzubereiten hatte. Die Landsleute Montesquieus stimmten einhellig für die Verletzung des Prinzips der Gewaltenteilung.

Ein Stadtrat ersuchte die Versammlung um Bewilligung einer ersten Kreditrate in Höhe von fünf Millionen Dollar, um unverzüglich Verteidigungsmaßnahmen zu ergreifen. Der Antrag wurde einstimmig gebilligt.

Die Versammlung mußte noch ein Notparlament wählen, dann wurde die Sitzung um 22.25 Uhr geschlossen. Plötzlich schlängelte sich ein unbekannter Mann durch die Versammlung hindurch auf das Rednerpult los. Die Leute wichen angewidert vor ihm zurück, denn seine Kleider schienen Wochen nicht mehr gereinigt worden zu sein, und an seiner Stirn klaffte eine noch nicht desinfizierte Wunde. Auf diese Weise konnte er sich ungehindert ans Rednerpult stellen.

»Freunde und Mitbürger!« rief er in den Saal. »Bleibt alle hier und hört mir zu. Für Notparlamente und Verteidigungsbudgets ist jetzt keine Zeit mehr. Ich komme direkt aus der Höhle des Löwen, aus Stahlstadt, und ich schwöre euch: die Lage

4 sec später fegte ein dunkler Körper über ihre Köpfe hinweg und verschwand mit einem entsetzlichen Pfeifen in der Ferne.

ist ernster als eure Gesichter, hoffnungsloser als euer Glauben.«
»Marcel!« schrie Dr. Sarrasin plötzlich. »Wo kommst du denn her?«
»Darüber unterhalten wir uns später«, sagte Marcel und fuhr fort: »Ich habe soeben gehört, daß ihr mit einem Angriff erst in Wochen oder Monaten rechnet. Dabei geht es nur noch um Stunden! Im Verlauf einer Stunde wird ein Eisenhagel und Feuerregen über die Stadt niedergehen. Herr Schultze hat eine Superkanone, die ich selber gesehen habe, schon seit Wochen auf unsere Stadt justiert, und wird sie um 23.45 Uhr zünden. Keine Minute ist zu verlieren. Schickt Frauen und Kinder in den Keller oder schafft sie aus der Stadt hinaus, die Männer bleiben aber hier und machen sich zum Feuerlöschen fertig. Wir brauchen keine Gewehre oder Handgranaten, sondern Wasserspritzen, Aktenmappen und Sandschaufeln. Kein schwerbewaffneter Heerhaufen wälzt sich auf France-Ville zu, sondern eine Riesengranate wird in France-Ville einschlagen und an 100 Stellen Feuer legen, so daß wir an 100 Stellen gleichzeitig löschen müssen. Dennoch ist es unsere wichtigste Aufgabe, die Bevölkerung in Sicherheit zu bringen, danach kann man sich um die Dampfwäschereien, Kunstschulen und Turnhallen kümmern. Notfalls lassen wir eben die ganze Stadt abbrennen, wenn wir nur unsere gesunden Menschen retten!«
Ohne weitere Diskussion wurden sich die versammelten Bürger einig, wer mit Frauen und Kindern in die Berge fliehen und wer das Bombardement in den Kellern über sich ergehen lassen wollte. Unter der Leitung von Dr. Sarrasin versammelten sich die Löschmannschaften und wurden mit Wasserbehältern und Sandschaufeln an besonders gefährdeten Punkten der Stadt verteilt.
Die Stadträte blieben vorläufig noch am Stadthaus und fragten Marcel nach seinen Erlebnissen in Stahlstadt aus. Der junge Ingenieur erbat sich auf einmal völlige Ruhe und kratzte sich lange am Kopf. Dann zog er sein Notizbuch aus der schlammverklebten Tasche und schrieb in Windeseile lange Zahlenreihen auf. Die Stadträte sahen Marcel gespannt zu, dessen Züge sich ganz plötzlich entspannten. Da brach er auch schon in irres Gelächter aus.
»Kommt alle wieder aus euren Löchern!« schrie er in den Saal. »Der deutsche Professor hat sich verrechnet. Ich habe es immer

geahnt. Die unerbittlichen physikalischen Gesetze haben seine Absichten durchkreuzt. Verkündet sofort die Entwarnung. Hier habe ich es schwarz auf weiß bewiesen: die Granate wird in sicherer Entfernung über die Stadt hinwegfliegen!«
Die Stadträte bewunderten Marcel zwar sehr wegen seiner gutformulierten, sauberen Rede, aber sie verstanden nicht. Der Ingenieur versuchte, seine Rechenoperation recht und schlecht zu erklären. Als die Stadträte behaupteten, sie hätten das Problem begriffen, zeigte Dr. Sarrasin auf die Uhr. Die Zeiger standen auf 23.42.
»Drei Minuten noch«, sagte er, »dann werden wir wissen, ob Marcel Bruckmann oder Prof. Schultze der bessere Rechner ist. Wenn wir tatsächlich verschont bleiben, dann bedaure ich nicht, daß wir die Bevölkerung evakuiert haben. Auf diese Weise konnten wir den Notstandsfall proben, ohne unseren Bürgern Zeit zu nutzlosen Diskussionen zu lassen.«
»Kommt jetzt«, sagte Marcel, und ging auf den Ausgang zu. Als die Männer am Marktplatz ankamen, schlugen die Turmuhren drei Viertel zwölf.
4 sec später fegte ein dunkler Körper über ihre Köpfe weg, war aber im Bruchteil eines Augenblicks mit einem entsetzlichen Pfeifen in der Ferne verschwunden.
»Bon voyage!« rief Marcel und klatschte vor Vergnügen in die Hände. »Hoffentlich kommst du nie mehr zurück.«
Nach zwei Minuten erzitterte der Boden von einer fernen Detonation. 113 sec nach der Granate drang der Kanonendonner von Stahlstadt ans Ohr der Bürger von France-Ville.

12

Gleich am nächsten Morgen setzte sich Marcel hin und schrieb einen Brief in deutscher Sprache.
Sehr geehrter Herr Schultze!
Als Soldat in der Armee des Stahlkönigs habe ich ein besonderes Vorkommnis zu melden. Ich habe vor zwei Tagen Fahnenflucht begangen, weil mir mein Leben lieber war als ein Holzmodell. Da ich leider keine Gelegenheit mehr hatte, mich persönlich von Ihnen zu verabschieden, will ich es nun schriftlich

nachholen. Den Leutnant Johann Schwartz habe ich in Stahlstadt zurückgelassen, und bin nun einzig und allein der zivile Elsässer Marcel Bruckmann. Von Beruf bin ich nicht nur Ingenieur, sondern auch Franzose. Sie haben Ihren Haß gegen mein Land mehr als einmal bewiesen, deshalb mußte ich alle Mittel aufbieten, um ihre Eroberungspläne auszukundschaften und sie notfalls zu vereiteln.

Sie haben vielleicht schon durch die Zeitung erfahren, daß Ihr Superschuß grandios danebengegangen ist, weil er danebengehen mußte. Ihre Kanone ist aus einem technischen Wunderwerk zu einem harmlosen Spielzeug geworden, weil Sie die falschen Granaten hineingesteckt haben.

Gestern abend kurz nach 23.45 Uhr ist eines Ihrer eleganten Langgeschosse mit unerhörtem Pfeifen über unsere Stadt hinweggeflogen und in westlicher Richtung verschwunden, wo es bald die Erdatmosphäre verlassen haben muß. Wie konnten Sie vergessen, daß ein Geschoß, dem man eine 20fach vergrößerte Anfangsgeschwindigkeit verleiht, der Erdanziehung Widerstand leistet, den Boden an keiner Stelle mehr berühren kann und um den Globus kreisen muß?

Ihre schöne Kanone wird jetzt sicher nur noch ein Haufen verbogener Stahlteile sein. Sie sollten den Verlust aber nicht bedauern, denn mit 200 000 Dollar ist der unsterbliche Ruhm nicht zu teuer bezahlt, den Sie sich dadurch gesichert haben, daß Sie dem Kosmos einen neuen Himmelskörper und der Erde einen zweiten Satelliten geschenkt haben.

Ihr Marcel Bruckmann.

Marcel gab den Brief einem Expreßboten mit, der gerade nach Stahlstadt aufbrechen wollte. Danach setzte er sich nochmals mit Dr. Sarrasin und den Stadträten zusammen, um sie über weitere Einzelheiten der Schultzeschen Waffensysteme zu informieren. Am nächsten Tag trat der Verteidigungsausschuß zusammen, in den auch Marcel aufgenommen wurde. Octave schien der Schrecken der drohenden Zerstörung gehörig in die Knochen gefahren zu sein, denn er interessierte sich plötzlich brennend für die Beschlüsse der Stadtväter.

Die Öffentlichkeit erfuhr nicht viel über die Maßnahmen der Verteidigungspolitik. Der Verteidigungsausschuß veröffentlichte nur hie und da eine kurze Presseerklärung, aus der hervorging, daß die feindliche Waffenwirkung bekannt sei und daß eine Belastung vom Land oder von der See her mit den vorhandenen

Mitteln erfolgreich verhindert werden könne. Gleichzeitig wurde die Bevölkerung zu freiwilligen Sach- und Geldspenden aufgerufen. Jeder Bürger mußte sich verpflichten, einen Notstandsvorrat für zwei Jahre anzulegen.
Bald wurde auch die Einberufung aller Wehrpflichtigen verkündet. Ohne zu fluchen, mit reinem Jubel auf den Lippen, zogen die Männer ihre leichten Uniformen an, stülpten die Ledermützen über, nahmen ihre blitzblanken deutschen Gewehre aus dem Schrank und traten auf den Prachtstraßen von France-Ville zur Formalausbildung an.
Zur gleichen Zeit wühlten sich die Kulis wie Maulwürfe in die Umgebung der Stadt hinein, hoben Gräben aus, schütteten Wälle auf und bauten Infanteriefallen. Währenddessen hatten Techniker die Rauchverbrennungsöfen in Gießöfen verwandelt und produzierten nun am laufenden Band Kanonen.
Marcel eilte von einer Verteidigungsstellung zur anderen, gab hier gute Ratschläge, krempelte sich dort die Ärmel hoch und packte mit an. Keiner fragte lange nach seinem eigentlichen Dienstrang, was der Elsässer anordnete, war immer richtig und auszuführen.
Octave hatte in den sauren Apfel beißen, in eine wenig elegante Uniform schlüpfen und als Gemeiner antreten müssen. Da er zum Glück einsah, daß er zum Befehlen nicht geboren war, gab er sich mit dem Gehorchen zufrieden und wurde ein braver, etwas langsamer Soldat.
Mitten in die Verteidigungsvorbereitungen platzte die Meldung, Herr Schultze habe mit mehreren Reedereien über den Transport seiner Geschütze verhandelt. Kurz darauf wurde die Parole ausgegeben, die Schultze-Flotte sei schon im Anmarsch auf France-Ville. Schließlich war aus der Presse zu erfahren, deutsche Ulanen hätten in Sacramento die Eisenbahn überfallen und besetzt.
Aus Verdruß über die permanente Belagerungsstimmung in der Stadt hatten sich ein paar Journalisten nur einen Scherz erlaubt, ihre Extrameldungen wurden in der folgenden Ausgabe jeweils gewissenhaft widerrufen. In Stahlstadt blieb alles ruhig, verdächtig ruhig, wie Marcel sagte, der fürchtete, der Stahlkönig habe schon wieder eine neue Superwaffe erfunden.
Die Befestigungsanlagen an der Land- wie an der Seeseite der Stadt waren nun nahezu vollendet, dennoch war Marcel ununterbrochen auf den Beinen, um die Arbeiten zu inspizieren und

neue Pläne an Ort und Stelle auszuführen. Nur am Abend gönnte er sich für eine knappe Stunde Ruhe, die er im Salon von Frau Sarrasin zubrachte. Dr. Sarrasin hatte ihn herzlich eingeladen, jeden Tag bei ihm zu Hause zu dinieren, und Marcel teilte seine Zeit auch immer so geschickt ein, daß er eine Stunde erübrigen konnte, ohne seine öffentlichen Pflichten zu vernachlässigen. Der Doktor hatte auch keine Ahnung, daß Marcel weniger wegen der allabendlichen Schachpartien zwischen ihm und Colonel Hendon kam, als wegen der Unterhaltungen, die er mit den beiden Damen des Hauses führte. Frau Sarrasin und Jeanne Sarrasin waren im übrigen auch nicht müßig geblieben, sie saßen Tag für Tag am Tisch und zupften Charpie für die Sanitätstruppe. Jeanne war an den militärischen Vorbereitungen brennend interessiert.

»Sind die neuen Stahlbolzen wirklich besser als die, deren Entwurf Sie kürzlich mitgebracht haben?« fragte sie.

»Ich glaube schon.«

»Wunderbar. Welch fürchterliche Wirkungen doch so ein kleiner Bolzen verursachen kann! Sagen Sie, haben die Pioniere gestern den 500 m langen Graben noch fertiggestellt?«

»Ja, aber sie müssen von jetzt an doppelt so schnell arbeiten, sonst wird die Anlage vor Monatsende nicht fertig.«

»Ich wollte«, rief Jeanne, »die schrecklichen Teutonen stünden schon vor der Stadt, damit man endlich sieht, wofür die tapferen Männer schuften. Wir Frauen können leider nichts anderes tun als warten, putzen und kräftige Mahlzeiten kochen.«

»Das ist doch schon sehr viel«, antwortete Marcel, »und wofür, glauben Sie, rackern sich jetzt all die Männer ab, die man von ihrem Arbeitsplatz weggerissen hat! Doch nur für sie, für Frauen, Bräute und Kinder! Woher sollten wir alle denn die Energie nehmen, wenn nicht die Frauen geschlossen hinter uns ständen!«

»Nicht so pathetisch, junger Mann«, sagte Frau Sarrasin. »Wie ich unsere braven Mitbürger kenne, werden sie nicht lange an Frauen und Kinder denken, sondern einfach tun, was man ihnen befiehlt, so wie man es ihnen von Kind auf beigebracht hat.«

Marcel wäre am liebsten noch ein Weilchen sitzen geblieben, aber die Pflicht rief ihn weg, und er verzichtete lieber jetzt auf ein paar angenehme Minuten, um sich dadurch viele künftige Stunden bei den Frauen zu erhalten.

13

Die Börse von San Francisco wurde am Morgen des 12. Oktober wie immer geöffnet. Niemand wartete auf sensationelle Kursschwankungen. Wie immer drängten sich blonde Angelsachsen, feingliedrige Kelten, Neger, Finnen, Hindus, Polynesier und Eskimos vor dem Portal. Auch die Chinesen sahen wie gewöhnlich geflissentlich über ihre traditionellen Widersacher, die Japaner, hinweg.
Punkt 11 Uhr erschienen die bekannten Börsenmakler und Industrie-Agenten, lachend oder trübsinnig, je nach Temperament und Liquidität, schüttelten sich die Hände und machten sich im Börsenkeller erst einmal Mut. Dann schlossen sie ihre Schließfächer im Foyer auf, zogen ganze Bündel von Briefen hervor und lasen sie flüchtig durch.
Allmählich zeichneten sich schon ein paar weniger interessante Tageskurse ab. Die Börsenhalle füllte sich immer noch; einzelne Gruppen von Maklern zeigten sich heute eine Nuance aufgeregter als sonst.
Auch der Telegraphenverkehr war hektischer als an anderen Tagen. Pausenlos wurden eingehende Depeschen ausgerufen und vorgelesen. Pausenlos belagerten die Agenten die Telegraphenstation, hetzten mit ihren Börsenzetteln und Notizbüchern in der Hand durch die Halle. Um 13 Uhr platzte eine Bombe mitten in die bewegte Menschenmenge hinein, ein Telegramm von einem Gesellschafter der »Bank of Far West«.
»Diese faulen Witze kennt man doch als alter Hase!« rief einer.
»Na, na«, antwortete sein Gesprächspartner, »wo Rauch ist, ist auch ein Feuer.«
»Aber meine Herren! Allein die Immobilien und der Maschinenpark sind 80 Millionen wert, von den Rohstoffvorräten und Lagerbeständen gar nicht zu reden.«
»Das meine ich doch auch. Schultze kann mit mindestens 90 Millionen Dollar flüssiggemacht werden, und ich garantiere Ihnen, man könnte die Pinunzen sofort umsetzen, wenn man ihm an die Aktiva geht.«
»Dann kann ich mir aber erst recht nicht erklären, warum Schultze seine Verpflichtungen nicht wahrnimmt.«
»Das kann jeden Tag und sogar den besten Häusern passieren, daß sie plötzlich illiquide werden.«

»Ich bitte Sie. Stahlstadt ist kein x-beliebiges Haus, sondern ein Konzern in der Größe einer Stadt!«
»Wozu die ganze Aufregung? Morgen schon ist die Firma Schultze in eine Gesellschaft mit beschränkter Haftung umgewandelt.«
»Weshalb läßt Schultze vorher aber seine Wechsel zu Protest gehen?«
»Wenn Sie meine Meinung hören wollen, meine Herrschaften: das Ganze ist eine Ente, die wahrscheinlich die Gruppe zu Wasser gelassen hat. Denen kann jetzt nur noch eine Hausse auf dem Stahlmarkt aus der Patsche helfen.«
»Haben Sie schon das Neueste gehört!« rief einer der Makler: »Schultze ist nicht nur pleite, er hat sich aus dem Staub gemacht! Dort drüben hängt das Telegramm!«
Vor der Anschlagtafel drückten sich die Leute beinahe zu Tode. Die vorderste Reihe konnte gerade noch lesen, was auf dem Telegrammformular stand, das soeben aus New York eingetroffen war:
12.10 pm. CENTRAL BANK! FIRMA STAHLSTADT STOP NICHT MEHR ZAHLUNGSFÄHIG STOP MOMENTANE PASSIVA 47 MILLIONEN DOLLAR STOP SCHULTZE UNAUFFINDBAR ENDE.
Die Börse stand Kopf. Um 14 Uhr schon begannen die Kurse auf das Ereignis zu reagieren. Eine ganze Reihe zweitrangiger Unternehmen, die in den drohenden Konkurs Schultzes verwickelt waren, mußten rapide fallende Werte hinnehmen. Die Verluste mehrerer Häuser standen schon fest: die Mining Bank in New York wagte das Desaster gar nicht bekanntzugeben. Westerlay & Son in Chikago saßen mit 7 Millionen in der Tinte, Milwaukee in Buffalo mit 5 Millionen, die Bank for Industries in San Francisco mit 1,5 Millionen. Die Kettenreaktion erstreckte sich noch auf mehrere drittklassige Unternehmen.
Die Gegenreaktionen ließen ebenfalls nicht lange auf sich warten. In die zögernden Kursbewegungen des Vormittags kam plötzlich Leben, und die Spekulationen mit bestimmten Papieren erreichten schwindelerregende Höhen.
Die Stahl-Hausse kletterte beinahe von Minute zu Minute! Hausse in der gesamten Montanindustrie! Hausse in der metallverarbeitenden Industrie! Auch die Grundstückspreise von France-Ville waren in die Aufwärtsbewegung einbezogen. Nachdem die Preise seit dem Beginn der Alarmbereitschaft beinahe

auf Null gesunken waren, stand der m² schon in den frühen Nachmittagsstunden auf 180 Dollar Geld.
Aus den Abendzeitungen waren keine wesentlichen Neuigkeiten mehr zu erfahren. Das Bild des Schultzeschen Desasters wurde durch eine delikate Meldung aus New York noch abgerundet: als ein von Schultze angenommener und von Jackson, Edler & Co. gezogener Wechsel über 8 000 000 Dollar bei der New Yorker Hausbank des Stahlkönigs, Schring, Strauß & Co. präsentiert wurde, hatten die Herren offenbaren müssen, daß die Kredite ihres Klienten restlos aufgebraucht waren. Telegraphische Anfragen in Stahlstadt waren ohne Antwort geblieben. Bei Prüfung der Bücher hatte man feststellen müssen, daß der Zahlungsverkehr zwischen Schultze und der Bank seit 13 Tagen eingeschlafen war, daß aber Hunderte von Wechseln und Schecks, die auf Schultzes Konto gezogen waren, mit dem Stempel *no effects* an die Absender zurückgegangen waren.
Die Verwaltung von Stahlstadt und die Direktion der Bank waren tagelang mit Protestschreiben und ultimativen Drohbriefen bombardiert worden. Erst vor wenigen Tagen war aus Stahlstadt telegraphisch Antwort gekommen:
»HERR SCHULTZE SEIT 17. SEPTEMBER VERSCHWUNDEN STOP VERWALTUNG STEHT VOR RÄTSEL STOP HABEN KEINERLEI HANDLUNGSVOLLMACHT STOP BARMITTEL ERSCHÖPFT ENDE.«
Als auch diese Depesche bekannt wurde, deponierten die Hauptgläubiger ihre Papiere unverzüglich bei den Handelsgerichten. Bis zum Abend waren kleinere Unternehmen schon rettungslos in den großen Bankrott hineingerissen. Am 13. Oktober beliefen sich die bisher angemeldeten Forderungen auf eine Summe von 47 000 000 Dollar, aber unter Eingeweihten sprach man zu diesem Zeitpunkt von Passiva in Höhe von etwa 60 000 000 Dollar.
Die Zeitungen wollten sich nicht länger mit kurzen Agenturmeldungen zufrieden geben, sondern schickten ein ganzes Aufgebot Starreporter nach Stahlstadt. Am Abend des 14. Oktober stand eine Kompanie von Journalisten mit Photoapparaten und gezückten Bleistiften vor den Mauern der Stadt. Aber die Wachen standen auf ihrem Posten und drohten, im Fall von Grenzprovokationen von der Schußwaffe Gebrauch zu machen.
Einige dünne Informationen sickerten dennoch im Lauf der nächsten Tage durch die Mauern von Stahlstadt. Es war zwar

absolut nicht zu erfahren, weshalb und wohin Herr Schultze verschwunden war, aber es stand fest, daß die Stahlstädter Produktion am kommenden Samstag endgültig eingestellt werden mußte, falls Herr Schultze nicht doch wieder zurückkehrte.
Die Belegschaft hatte zunächst gar nicht gemerkt, daß ihr oberster Chef nicht mehr an Ort und Stelle war. Die Lohnkassen der einzelnen Sektoren verfügten noch über genügend Mittel, um Löhne und Gehälter termingerecht auszuzahlen. Die Angestellten der Poststelle bekamen die Abwesenheit Prof. Schultzes als erste zu spüren. Am 17. September hatte er die letzte Unterschriftenmappe zurückgegeben. Seither stapelten sich Tausende von nicht unterschriebenen Anweisungen und Briefen, sowie ganze Berge von eingegangener Post, darunter zahlreiche Geldsendungen, im Vorzimmer des Stahlkönigs. Keiner der Angestellten wagte es, die Briefe anzurühren, weil es Herrn Schultzes heiliges Prinzip war, jeden Brief eigenhändig zu öffnen, mit Rotstift abzuzeichnen und ihn erst dann an die Buchhaltung weiterzuleiten. Seit Herr Schultze verschwunden war, ruhte dank des sinnlos perfektionierten Zentralismus jede Verwaltungstätigkeit. Planung, Absatz, Investitionen, Geldverkehr, alles war zum Stillstand gekommen.
Die leitenden Angestellten besaßen nach unten zwar weitgehende Entscheidungsfreiheit, aber nach oben unterlagen sie einer sklavischen Abhängigkeit von Befehlen und Anordnungen, in die sie sich erstaunlicherweise ziemlich zufrieden ergaben. Seinen Kompetenzbereich verwaltete zwar jeder mit großer Gewissenhaftigkeit, da aber keiner die Organisation des Werkes überblickte, fühlten sie sich alle von der Verantwortung für Kunden und Belegschaft entbunden. So hatten sich die leitenden Angestellten erst nach längeren Debatten entschließen können, der Öffentlichkeit mitzuteilen, daß Herr Schultze seinen Gläubigern buchstäblich davongelaufen war.
Mehr konnten die Journalisten ihren Lesern nicht bieten. Selbst der berühmte Meiklejohn, der es fertiggebracht hatte, den schweigsamsten Mann des Jahrhunderts, General Grant, zu einem politischen Interview zu verleiten, hatte nicht mehr Erfolg als seine Kollegen aus der Provinz; ebensowenig der rasende Reporter Blundernuss von der *World*, der dem Zaren seinerzeit die Nachricht vom Fall Plewnas überbracht hatte. Die seriösen Zeitungen behielten sich eingehende Recherchen über die Affäre Schultze ausdrücklich für einen späteren Zeitpunkt vor.

In der Zwischenzeit hatten sich auch verschiedene amtliche Stellen der Sache angenommen. Der kuriose Status Stahlstadts als eines autonomen, exterritorialen Gebiets, beschäftigte dabei ganze Stäbe von Juristen. Die Unterschrift Schultzes war in New York zwar längst protestiert worden, und die Gläubiger hatten ausgerechnet, daß ihre Forderungen durch den Sachwert des Werkes Stahlstadts mit Sicherheit gedeckt werden konnten, aber kein einziger Gerichtshof war in der Lage, die Anlagen Stahlstadt Rechtens zu beschlagnahmen. Prof. Schultze hatte weder einen Prokuristen noch einen bevollmächtigten Vorstand, er allein herrschte in Stahlstadt als Eigentümer, König, oberster Zivil-, Straf- und Handelsrichter, Generalstabschef, Notar, Anwalt und Geschäftsführer. Er war der Zentralismus in Person. Kaum war das Idol vom Sockel gestoßen, fiel das riesige, weitverzweigte Unternehmen wie ein Kartenhaus zusammen.
Unter normalen Umständen hätten sich die Gläubiger zu einem Syndikat zusammengeschlossen und kurzerhand die Geschäftsführung übernommen. Kenner des Stahlmarktes waren im übrigen der Meinung, daß eine kleine Kapitalspritze durchaus genügt hätte, um das Werk wieder in Gang zu bringen.
Um der verzwickten Lage um Stahlstadt Herr zu werden, hätte eigens eine Lex Stahlstadt in Kraft treten müssen. An den Mauern der Stadt waren alle juristischen Künste am Ende. Die Gläubiger konnten sich die millionenschweren Anlagen Stahlstadts so wehmütig ansehen wie sie wollten, es gab keine Instanz, die ihnen theoretisch und praktisch zu ihrem Recht hätte verhelfen können.
Schließlich richteten sie einen Appell an den amerikanischen Kongreß und forderten ihn auf, die Interessen amerikanischer Staatsbürger gegen Stahlstadt wahrzunehmen, und die Stadt endlich in den Staatenbund einzugliedern, damit sie unter die Rechtsprechung der Vereinigten Staaten falle. Mehrere Kongreßmitglieder waren persönlich an der Lösung der Affäre interessiert, auch die Öffentlichkeit hätte eine Verstaatlichung Stahlstadts lebhaft begrüßt. Der Antrag blieb allerdings liegen, da die neue Sitzungsperiode des Kongresses noch nicht eröffnet war.
Inzwischen stand die Produktion in Stahlstadt völlig still. Auch der letzte Ofen war aus. 10 000 Familien waren von der unfreiwilligen Arbeitsniederlegung unmittelbar betroffen. Man gründete eine Gewerkschaft, man suchte in nächtelangen Unterre-

dungen der Arbeiterräte nach einem Ausgang aus der Katastrophe, die jeden einzelnen betraf. Mit der Armut zogen bald Verzweiflung, Verbrechen und Selbstmord in Stahlstadt ein. Je langsamer sich die Räder in den Fabriken drehten, desto schneller füllten sich die Bierhäuser. Für jeden Schlot, der nicht mehr rauchte, schoß ein zweifelhaftes Lokal aus dem Boden.
Die klügsten Arbeiter hatten sich in weiser Voraussicht etwas zurückgelegt und konnten nun mit Waffen, Bettzeug, Werkzeugen und Gepäck aus Stahlstadt abreisen und sich in anderen Staaten der Union Arbeit suchen. Viele der in Stahlstadt geborenen Kinder sahen auf der Bahnfahrt zum ersten Mal in ihrem Leben blauen Himmel, grüne Wiesen und viel Natur.
Unter hunderten war es aber nur einer, der sein Heil in der Flucht suchen konnte. Die meisten blieben verzweifelt zurück, verkauften ihre Siebensachen an jene Aasgeier, die sich auf ihre Opfer stürzen, kaum daß sie ein Unglück wittern. In wenigen Tagen waren aber auch diese Mittel erschöpft. Ohne Lohn, ohne Arbeit, ohne Hoffnung, in Erwartung eines fürchterlichen Winters vegetierten sie dahin.
In France-Ville war die Nachricht vom Konkurs Stahlstadts zunächst mit gemischten Gefühlen aufgenommen worden.
»Ein Trick von Schultze«, hatte Marcel die Meldung kommentiert. Je länger er allerdings darüber nachdachte, desto weiter rückte er von seiner ursprünglichen Meinung ab. Dennoch konnte er den Verdacht nicht ganz aufgeben, daß Schultze in seinem blinden Haß bis an die Grenze der Selbstzerstörung gehen könnte, nur um seinen Freund hinters Licht zu führen.
Auf seinen Vorschlag hin verkündete der Verteidigungsausschuß eine Entschließung, worin die Bürger zu erhöhter Wachsamkeit gegenüber jeder Feindpropaganda angehalten wurden. Das Verteidigungssystem war zu jener Zeit nahezu perfekt, und die Manöver wurden mit letzten militärischen Finessen durchgespielt.
Marcel studierte Tag für Tag sämtliche Pressemeldungen, die den Zusammenbruch Stahlstadts betrafen, und ließ sich von einigen Volkswirtschaftlern die Folgen der Katastrophe auseinandersetzen. Mitten in der Nacht wurde ihm plötzlich klar, daß die Tage Stahlstadts unwiderruflich gezählt waren. Sofort holte er Drucker und Redakteure aus dem Bett, so daß die ganze Bevölkerung am nächsten Morgen nicht nur aus ihrem Schlaf, sondern auch aus ihrem Belagerungstraum erwachte: Entwarnung!

Die Menschen jubelten, schrien, sangen und umarmten sich auf offener Straße, obwohl körperliche Berührungen unter Fremden eigentlich verboten waren. Viele Familien luden sich gegenseitig zum Liebesmahl ein, die Frauen konnten endlich wieder nach Herzenslust waschen und bügeln, und die Männer durften wieder ihren frisch gereinigten Sonntagsstaat anziehen. Ihre Uniformen wanderten auf städtische Kosten in die Wäscherei.
Dr. Sarrasin wollte seinen Augen nicht trauen, als er die frohe Botschaft las. Als Stadtchef hatte er mannhaft und umsichtig die schwere Zeit durchgestanden, aber in manchen Augenblicken hatte er geglaubt, die Verantwortung für die glücklichen Menschen nicht mehr tragen zu können, die sich ihm und seinen Plänen begeistert und selbstlos angeschlossen hatten. Fast einen Monat lang hatte er keinen ruhigen Schlaf mehr gefunden, denn ihn allein hätte die Schuld getroffen, wenn France-Ville mitsamt seinen Bewohnern untergegangen wäre. Jetzt konnte er wieder aufatmen.
Das Bewußtsein der Gefahr hatte die Bürger der Stadt noch weit mehr zusammengeschmiedet als die Idee der Volkshygiene. Der unterschwellige Klassenkampf war nun zu Ende, beim gemeinsamen Schanzen und Wacheschieben waren sich die Menschen nähergekommen als je zuvor. Man sah im anderen jetzt den Bruder, nicht mehr den Konkurrenten. Die Bewohner France-Villes hatten sich nun ihr Vaterland tapfer erkämpft und dabei ihren Nationalstolz erfahren.
Nicht nur die Moral, auch die Volkswirtschaft der Stadt hatte von der Alarmbereitschaft profitiert. Die Bürger hatten ihre Kräfte erprobt und dadurch die Wirtschaft angekurbelt. Der Wehrdienst hatte berufliche Chancen erweitert, die Menschen konnten nach dieser Mutprobe viel selbstsicherer auftreten als in der Zeit vor der Mobilmachung.
Vor den Augen der Welt hatte Dr. Sarrasin bewiesen, daß er nicht nur im Innern mit Bakterien, sondern auch mit äußeren Feinden fertig zu werden verstand. Als Organisator der Verteidigung wurde Marcel öffentlich gelobt. Doch der junge Ingenieur wollte sich nicht auf seinen Lorbeeren ausruhen. Das letzte Geheimnis von Stahlstadt war trotz aller Pleiten immer noch nicht gelüftet. So war er fest entschlossen, bald nach Stahlstadt zurückzukehren und das Rätsel der künstlichen Sphinx zu lösen.
Dr. Sarrasin versuchte vergeblich, ihn von seinem Vorhaben

abzubringen. Er erinnerte ihn an seine Erzählungen von Schultze und seinem bösartigen Charakter und warnte ihn vor diesem Mann, der wahrscheinlich nur vorübergehend von der Bildfläche verschwunden sei und nun im verborgenen finstere Pläne schmiede.
»Alle Ihre Einwände sprechen nur für meine Absicht, nicht gegen sie«, sagte Marcel. »Eben weil Schultze vielleicht noch nicht geschlagen ist, ist es meine Pflicht, nach Stahlstadt zu gehen und ihn unschädlich zu machen. Ich habe das unbestimmte Gefühl, dort liegt eine Bombe, deren Zünder ich herausnehmen muß. Eine Bitte habe ich noch an Sie: erlauben Sie Octave, daß er mit mir nach Stahlstadt fährt.«
»Meinen zarten Octave?« rief der Doktor erstaunt.
»So zart ist Ihr Octave gar nicht mehr. Er hat sich ganz schön gemacht in der letzten Zeit, und ich weiß, daß ich mich auf ihn verlassen kann. Dieser Ausflug kann ihm nur guttun, nachdem er gerade das Marschieren gelernt hat.«

14

Nach einer Fahrt durch trostlose verlassene Arbeitersiedlungen wurden Marcel und Octave im Laufe der Nacht am Rand von Stahlstadt abgesetzt. Sie packten Proviant und Waffen und marschierten am äußeren Wall entlang. Die Nacht war rabenschwarz, kein Licht brannte in der Stadt, vom Wall blitzten keine Bajonette der Wachtposten herüber. Marcel konnte sich kaum an den Anblick der leeren Fensterhöhlen gewöhnen, die noch vor wenigen Wochen das Licht von tausend Gaslampen auf die Fabrikhöfe geworfen hatten. Die Zyklopenstadt war tot, die riesigen Fabrikschlote ragten nur noch wie ein verwittertes Skelett in den Nachthimmel. Die Schritte der beiden Männer, weit und breit das einzige Geräusch, verhallten in der toten Landschaft. Octave packte Marcel schaudernd am Arm:
»Ein so aufdringliches Schweigen habe ich noch nie gespürt. Das ist ja schauerlicher als auf einem Friedhof um Mitternacht.«
Gegen 7 Uhr standen sie dem Haupttor gegenüber. Kein Wachtposten ließ sich auf der Mauer blicken. Die schwere Zugbrücke

Marcel und Octave hangelten sich am Seil auf die Mauer und ließen sich auf der anderen Seite heruntergleiten.

war jedoch ordnungsgemäß aufgezogen. Vor ihnen lag düster der 6 m breite Schutzgraben.
Eine Stunde lang mühten sich die beiden ab, bis ihre Seilschlinge an einem Pfahl auf der anderen Seite hängenblieb. Octave hangelte sich als erster auf das Dach über dem Eingang. Marcel ließ ihn das Gepäck hinaufziehen und kletterte gleich hinterher. So schnell es ging ließen sie sich an der anderen Seite der Mauer hinunter und gingen die Rundstraße in westlicher Richtung, dem Tor O zu, das Marcel von früher her noch sehr gut kannte. In wenigen Minuten waren sie an den düsteren, drohenden Gebäudekomplexen einiger Sektoren vorbeigelaufen und erreichten das Tor mit dem großen eingemeißelten Kennzeichen.
Die dicken eisenbeschlagenen Türflügel aus Eichenholz waren fest verschlossen und ließen sich auch durch Schläge mit einem schweren Pflasterstein nicht von der Stelle bewegen. Dumpf hallten die Schläge von den toten Wänden wider.
Mehrmals warfen sie das Seil über das Tor, bis es sich an irgend etwas verhakte. Wenige Augenblicke später marschierten sie die Hauptstraße des Sektors O entlang.
»Da kommt schon wieder eine Mauer«, sagte Octave. »Ich bekomme gleich einen Mauerkomplex.«
»Ruhe im Glied!« anwortete Marcel. »Dort drüben ist übrigens die Werkstatt, in der ich einige Monate geschuftet habe. Vielleicht finden wir dort Werkzeug und Sprengstoff.«
Wehmütig betrachtete der junge Elsässer die kalten Öfen, verrosteten Schienen und verstaubten Kräne, deren Arme im Dämmerlicht wie ungeheure Galgen aussahen.
»Jetzt gehen wir in eine interessantere Werkstatt«, sagte Marcel. In der Kantine fanden sie noch ganze Flaschenbatterien und eine Menge Blechkonserven mit verlockenden Etiketten. Ein Frühstück kam ihnen nach ihren Kletterpartien gerade recht.
Dabei überlegte sich Marcel, wie sie an den Stierturm herankommen könnten. Die Mauer um die Zentrale war auch mit dem Seil nicht zu überklettern, und das Tor war vom Sektor O aus nur auf Umwegen zu erreichen. Er entschloß sich, die Mauer in die Luft zu jagen, auf die Gefahr hin, durch die Explosion eventuell eingebaute Minen auszulösen.
Marcel ließ Octave ruhig zu Ende frühstücken, dann nahm er ihn bis zum Ende des Sektors mit. Vor ihnen ragte die Granitmauer auf.

Ein fürchterlicher Schlag ließ die Mauer in die Luft fliegen. Putz bröckelte, die Dächer barsten.

Zuerst legten Marcel und Octave die Basis der Mauer frei, dann brachen sie mit einem eisernen Hebel einen Quaderstein aus. Bis 10 Uhr mußten sie schuften, um mit einem Steinbohrer Sprenglöcher in das Innere der Mauer zu treiben. Vorsichtig steckte Marcel Dynamitpatronen hinein und setzte die Zündschnur in Brand.
Die Männer brachten sich schleunigst in einem Keller unter der Kantine in Sicherheit, denn die Ladungen mußten schon nach 5 min hochgehen.
Kaum hatten sie sich in einen geschützten Winkel verkrochen, da wurden die Mauern von einem fürchterlichen Schlag erschüttert, dem ein Donner folgte, als hätten vier schwere Batterien eine Geschützsalve losgelassen. Von der Decke bröckelte der Putz, sekundenlang dröhnten berstende Dächer, krachten zersplitternde Balken, stürzten polternd Mauern zusammen. Dazwischen war deutlich das Klirren zerspringender Fensterscheiben zu hören.
Kaum war es wieder ruhig, kletterten Marcel und Octave hinaus und besahen sich die Wirkung der Explosion. Der Ingenieur wollte seinen Augen nicht trauen, als er den halben Sektor in Trümmern liegen fand. In der Umgebung waren fast alle Gebäude zusammengestürzt. Metallteile, Steine und Glasscherben lagen überall am Boden zerstreut. Der Staub, den die Explosion hochgeschleudert hatte, sank allmählich herab und bedeckte das Trümmerfeld wie schmutziger Schnee.
Auch in die Mauer hatte der Sprengstoff eine 20 m breite Bresche gerissen, dahinter lag nun offen der Hof, in den Marcel als Zeichner eingesperrt gewesen war.
Um den Zentralblock herum blieb alles ruhig. Marcel führte seinen Freund durch die Zeichensäle und zeigte ihm seinen alten Arbeitsplatz. Er fand sogar noch den halbfertigen Entwurf einer Dampfmaschine, den er nicht mehr hatte vollenden können, weil er damals zu Herrn Schultze abkommandiert worden war. Zeichengeräte, Bücher und Zeitschriften lagen unordentlich herum. Es schien, als sei das Gebäude Hals über Kopf geräumt worden.
Wenig später standen sie vor der allerletzten Mauer, hinter der sie Herrn Schultzes Kunsturwald vermuteten. Octave wollte gleich wieder sprengen, aber Marcel erklärte ihm, daß man sich die Mühe sparen könne, da es auch einen durch eine Tür verschlossenen Mauerdurchschlupf gebe.

Nachdem die beiden Pioniere einige Gebäude, die an die Mauer gebaut waren, umgangen und ein paar Gittertore überstiegen hatten, stießen sie auf eine kleine schiefe Tür. Octave bohrte ein Loch durchs Holz. Hinter der Tür dehnte sich tatsächlich der Park.
»Noch eine Tür müssen wir schaffen«, sagte Marcel, »dann sind wir in den inneren Gemächern.«
»Eine Sprengladung ist eigentlich viel zu schade für dieses schäbige Brett«, meinte Octave. Er zog eine Axt aus der Werkzeugtasche und ließ sie mit aller Kraft in die Tür fahren.
Im nächsten Augenblick fuhren beide fürchterlich zusammen. Auf der anderen Seite klapperte ein Schlüsselbund, zwei Riegel wurden knirschend bewegt, und die Tür ging einen Spaltbreit auf.
»Was geht hier vor?« fragte jemand rauh.
Vor Schreck brachte Marcel kein Wort heraus. Er hatte mit allem gerechnet, aber daß man in dieser ausgestorbenen Stadt plötzlich mit der Frage belästigt würde, was da vorgehe, überraschte ihn nicht weniger als die Vorstellung, nun doch nicht allein zu sein. Die neue Lage warf alle seine Pläne über den Haufen.
»Wer da?« fragte die gleiche Stimme.
»Kann ich vielleicht Herrn Schultze sprechen?« antwortete Marcel.
Die Tür öffnete sich noch ein Stückchen, plötzlich streckte jemand seinen roten Schnauzbart durch den Spalt und rief: »Aha!« Marcel hatte Sigimer an seiner schönsten Manneszierde wiedererkannt.
»Sieh mal an, der Johann Schwartz«, tönte es von der anderen Seite.
»Ist Herr Schultze da?« sagte Marcel mit Nachdruck.
»Nein, er ist verreist. Ich rate dir, sofort zu verduften.«
»Komm her«, sagte Marcel zu Octave, »wir drücken die Tür ganz einfach auf.«
In dem Augenblick, als sie sich gegen die Tür werfen wollten, wurde sie ins Schloß geworfen, und die Riegel schnappten zu.
Octave legte das Auge ans Bohrloch.
»Da ist ja noch so ein Teutone!«
»Mein Freund Arminius«, sagte Marcel.
»Hier bin ich!« rief es auf einmal über ihren Köpfen. Arminius schielte über die Mauerkrone.

»Mach endlich auf, Bierfaß!« sagte Marcel.
Statt einer Antwort gab Arminius einen Schuß ab, der Octaves Hut streifte.
»Jetzt ist der Spaß aber aus«, brüllte Marcel, schob eine Dynamitladung unter die Tür und zog Octave mit in Deckung.
Kaum war die Detonation verraucht, sprangen die beiden mit dem Karabiner in der Hand und dem Dolch zwischen den Zähnen durch die zerfetzte Türöffnung in den Park. Die Leiter lehnte noch an der Mauer, unten war sie mit Blut bespritzt. Sigimer und Arminius aber schien der Erdboden verschluckt zu haben.
»Was für ein schöner Garten!« rief Octave. »Aber paß auf, diese Sauerkrautfresser bringen es glatt fertig, sich unter dem wertvollsten Strauch auf die Lauer zu legen.«
Getreu nach der Heeresdienstvorschrift für Einzelkämpfer verteilten sich Marcel und Octave auf beiden Seiten eines Parkweges und pirschten sich von Baum zu Baum voran. Noch keine hundert Schritt waren sie vorwärtsgekommen, als eine Gewehrkugel über Marcels Kopf in einen Baum schlug.
»Volle Deckung!« rief Octave leise von der anderen Seite.
Octave bewegte sich im Kriechgang langsam auf den Stierturm zu, dessen Mauern durch das Gebüsch schimmerten. Währenddessen wurde nochmals auf Marcel geschossen, der sich gerade noch rechtzeitig hinter eine Palme werfen konnte.
»Lauter Fahrkarten«, sagte Octave.
»Halt's Maul«, antwortete Marcel. »Hast du auch den Pulverdampf gesehen? Die Burschen haben sich im Parterre verschanzt.«
Marcel brach aus einem Busch einen ziemlich langen Stock heraus, hängte seine Jacke darüber und steckte den Hut obendrauf. Den Stock rammte er an der Stelle in die Erde, wo die Wächter schon einmal hingefeuert hatten, und rückte Jacke und Hut zurecht.
»Du mußt die Meisterschützen mit gezielten Schüssen ablenken«, sagte er zu Octave, »ich schleiche mich von hinten an sie ran.«
Marcel verschwand zwischen den Sträuchern, während Octave fleißig feuerte. Innerhalb der nächsten 15 min wurden etwa 20 Kugeln gewechselt. Marcels Hut und Jacke waren von den Schüssen durchlöchert, dafür waren von der Jalousie im Par-

terre nur noch Splitter übrig. Das Feuer setzte für einen Moment aus, und in die Stille hinein hörte Octave plötzlich Marcels Stimme:
»Komm her! Ich hab ihn erwischt.«
Ohne vorschriftsmäßige Deckung rannte Octave auf den Stierturm zu und kletterte durch das zerbrochene Fenster. Marcel und Sigimer wälzten sich stöhnend am Boden und versuchten sich gegenseitig die Kehle zuzudrücken. Im nächsten Augenblick stürzte sich Octave auf den Teutonen, riß ihn von Marcel weg, und im Nu war der Fleischberg gefesselt.
»Wo steckt sein Spezi?« fragte Octave.
Marcel deutete stumm auf eine Ecke des Zimmers. Blutüberströmt lag Arminius auf einem Sofa.
»Hast du ihm eine verpaßt?«
»Und ob. Du, der ist schon gestorben.«
»Das war das beste, was er tun konnte.«
»Octave, jetzt geht's erst richtig los!«
Zielsicher öffnete Marcel eine Tür nach der anderen, bis er auf einmal in Schultzes Arbeitszimmer stand. Dort sah es aus wie im Hauptpostamt von New York oder Paris. Briefe lagen auf dem Boden, auf dem Schreibtisch. Die Beine der Möbel steckten tief in einem Berg von Telegrammen und Postanweisungen. Marcel wagte gar nicht, sich vorzustellen, wie viele Millionen, aber auch wieviel Unglück zwischen den blauen, grünen und grauen Umschlägen steckten.
»Wir müssen den Eingang zum Laboratorium finden!« sagte Marcel. Er begann die Bücher zur Seite zu räumen und an den Regalen zu rütteln, wie Herr Schultze es vorexerziert hatte. Nichts rührte sich. Schließlich schlug er mit einer Eisenstange an die bloße Wand, aber an keiner Stelle klang es hohl. Die Geheimtür mußte vermauert worden sein.
»Wo ist die Tür bloß!« sagte Marcel.
Der Teppich wurde hochgeschoben, dann krochen die beiden am Boden entlang und klopften das Parkett ab.
»Jetzt bleibt nur noch die Decke übrig«, meinte Octave. Er wollte sich gerade am Kronleuchter hochziehen, um die Stuckrosette zu untersuchen, da gab der Leuchter nach, sank langsam nach unten und zog ein Stück von der Decke mit. Aus der Öffnung rutschte eine stählerne Leiter und stieß mit dem Ende aufs Parkett.
»Na bitte!« rief Marcel und kletterte hinauf, Octave war ihm

Langsam sank der Leuchter hinab.
Aus der Öffnung glitt eine stählerne Leiter.

dicht auf den Fersen. Die Leiter reichte bis zum Fußboden eines riesigen, runden, hermetisch verschlossenen Saals, der durch ein Bullauge im Boden erleuchtet war. Es war totenstill.
Marcel hatte das sichere Gefühl, daß diese leuchtende Scheibe das letzte Hindernis vor dem Rätsel von Stahlstadt sein mußte. Er blieb einen Augenblick stehen, um die Lust der Erwartung voll auszukosten. Dann faßte er sich ein Herz und beugte sich mit Octave über das riesige waagrechte Bullauge, dessen Scheibe linsenförmig geschliffen war und die darunterliegenden Gegenstände mehrfach vergrößerte.
Marcel schauderte zusammen, als er plötzlich das geheime Laboratorium Prof. Schultzes unter sich liegen sah. Der enorme Lichtschein rührte von zwei elektrischen Birnen her, die von einem starken Akkumulator gespeist wurden. In der Mitte des Raumes saß, voll angestrahlt, bewegungslos ein menschliches Wesen. Drumherum war der Boden über und über mit Granatsplittern übersät. Da saß Herr Schultze in voller Lebensgröße, offensichtlich erstickt, mit einem gefrorenen zynischen Lächeln auf den blauen Lippen.
Der Stahlkönig war etwas nach vorn gebeugt und hielt einen riesigen Federhalter fest, er mußte mitten im Schreiben vom Tod überrascht worden sein. Marcel wußte auch bald, woran Herr Schultze gestorben war. Die umherliegenden Granatsplitter waren aus Glas, die Reste eines explodierten Kohlensäuregeschosses. Prof. Schultze hatte zum Bau seiner Geschosse kein gewöhnliches Glas verwendet, sondern sogenanntes hartes Glas, das 10- bis 12mal so unzerbrechlich ist wie normales Fensterglas. Neben offensichtlichen Vorteilen hat diese Glasart den verhängnisvollen Nachteil, infolge einer rätselhaften Verschiebung seiner Moleküle ohne äußerlich erkennbare Ursache zu explodieren. Wahrscheinlich hatte der Glaszylinder den ungeheuren Druck der komprimierten Kohlensäure nicht ausgehalten und war einfach geplatzt.
Herrn Schultze mußte der Tod aus heiterem Himmel überrascht und die Kälte des ausströmenden Gases mußte ihn augenblicklich tiefgeforen haben. Marcel hätte gar zu gern gewußt, was Herr Schultze vor seinem Tod noch aufgeschrieben hatte. Einen Moment spielte er mit dem Gedanken, das Bullauge zu zerschlagen und sich ins Laboratorium hinunterzulassen. Aber dann fiel ihm die Kohlensäure wieder ein, und er konnte sich ausrechnen, daß Octave und er in dem Augenblick wie Herr

Schultze ersticken und erfrieren würden, in dem die Trennscheibe in Stücke ging.
Schließlich gelang es Marcel, eine Stelle auf der Linse ausfindig zu machen, durch die er Schultzes Schrift, wenn auch mit großer Mühe, entziffern konnte. Es war ein schriftlicher Befehl.
»Ich befehle B.K.R.Z., in genau 14 Tagen France-Ville mit dem dafür vorgesehenen Expeditionskorps anzugreifen. Ich befehle Ihnen, die Stadt unter allen Umständen total zu besiegen. France-Ville muß vollständig ausradiert und seine dekadenten Bewohner müssen mit Stumpf und Stiel ausgerottet werden. Die Zerstörung France-Villes muß den zehnfachen Schrecken der Verschüttung Pompejis auslösen. Der Endsieg ist sicher, wenn meine Befehle peinlich genau befolgt werden. Die Leichen Dr. Sarrasins und Marcel Bruckmanns sollen unverzüglich nach Stahlstadt geschafft werden. Ich werde sie einfrieren und hinter Glas aufstellen.

gez. Schultz . . .«

Weder sein Werk noch seinen Namenszug hatte der Stahlkönig vollenden können. Gebannt starrten Marcel und Octave lange Zeit nach unten und prägten sich jede Einzelheit des Laboratoriums ein. Schließlich rissen sie sich von dem gleichzeitig faszinierenden und erschreckenden Anblick los und stiegen hinunter. Unterwegs knüpften sie Sigimer los und verließen auf dem schnellsten Weg die Stadt.
Während sie die Landstraße nach France-Ville entlangmarschierten, stellte sich Marcel vor, wie die elektrischen Lampen allmählich verlöschen würden, und wie der steifgefrorene Körper des Stahlkönigs vielleicht noch Jahrhunderte in dem nachtschwarzen Laboratorium wie eine ägyptische Mumie in der Grabkammer sitzen würde . . .

15

»Was ist?« rief Dr. Sarrasin, als Marcel und Octave zu Hause ankamen.
»Der Professor ist tot, Herr Doktor«, antwortete Marcel.
»Tot«, wiederholte Dr. Sarrasin zögernd. »Ich muß dir gestehen, daß mich deine Nachricht irgendwie erschüttert. Natürlich freue

Da saß Herr Schultze, offensichtlich erstickt, mit einem gefrorenen zynischen Lächeln auf den blauen Lippen.

ich mich, daß die Kriegsgefahr nun ein für allemal gebannt ist. Ich frage mich nur, weshalb dieser geniale Mensch seine ganzen Talente an seinen Haß vergeudet hat, statt sie für friedliche Aufgaben einzusetzen. Es hat mich immer beunruhigt, daß ein Mann mit dieser Intelligenz unser Feind war. Aber jetzt erzähle.«

»Wir haben Herrn Schultze mitten in seinem Laboratorium gefunden, das so raffiniert angelegt ist, daß ihn niemals jemand stören, daß ihn aber auch keiner retten konnte, als es mit ihm zu Ende ging. Er mußte sterben, weil sich seine Maschinen in dem Augenblick, in dem er sie alle in seiner Hand zu haben glaubte, gegen ihn kehrten. Schultzes Ideen konnten ihn nicht überleben, weil nur er allein sie in die Praxis umsetzen konnte.«

»Schultze ist als überragender Erfinder aber als miserabler Politiker untergegangen«, antwortete Dr. Sarrasin. »Eine gute Regierung zeichnet sich vor allem dadurch aus, daß die Machthaber jederzeit durch andere ersetzt werden können, ohne daß der Betrieb ins Stocken kommt. Das System muß offen zutage liegen. Ein Staatsmann, der ein Geheimnis mit ins Grab nimmt, ist ein Verbrecher.«

»Dieses Verbrechens hat sich Schultze vor allem schuldig gemacht«, sagte Marcel. »Oft habe ich ihn am Schreibtisch sitzen und einsame Beschlüsse fassen sehen. Seinen Leuten hat er immer nur Befehle gegeben, aber er hat sie nie um ihre Meinung gefragt. Nun haben ihm seine fürchterlichen Waffen die letzte Lektion erteilt.«

Marcel zog eine Abschrift des letzten Befehls Schultzes aus der Tasche und gab sie Dr. Sarrasin.

»Hier lesen Sie. Das hat Herr Schultze ausgebrütet, bevor er starb. Seine Macht hat auch noch nach seinem Tod fortgewirkt. Kein Mensch lebt mehr in Stahlstadt, auch die Maschinen sind stehengeblieben. Die Industriefestung liegt in tiefem Dornröschenschlaf.«

»Ich sehe jetzt ein«, sagte Dr. Sarrasin, »daß es der Professor nicht besser verdient hat. Er hat den Bogen überspannt.«

»Das denke ich auch«, antwortete Marcel. »Ich denke aber noch an etwas anderes. Wir haben endlich Frieden. Schultzes Werk ist untergegangen, weil der Professor von einem Extrem ins andere gefallen ist und seine Handlungen ins Maßlose getrieben hat. Er hat alle Feinde Frankreichs mit modernsten Waffen beliefert, ohne sich um die Verbindlichkeiten zu kümmern: Haupt-

sache, die Gegner Frankreichs wurden stark. Wenn es gelänge, diese Außenstände wieder einzutreiben, müßte es auch möglich sein, Stahlstadt wiederaufzubauen. Sie sind der Mann, Herr Doktor, der sich an diese Aufgabe wagen muß, weil Sie auch der einzige sind, der das Erbe Schultzes antreten kann. Sie müssen sein Werk erhalten und fortsetzen. Es ist für den Sieger noch nie von Vorteil gewesen, wenn sein Gegner restlos unterging. Als einstiger Gegner des Herrn Schultze haben wir die Pflicht, aus diesem Schiffbruch alles zu bergen, was dem Fortschritt der Menschheit nützt. Ich bin bereit, alle meine Kräfte dafür einzusetzen.«
»Ich will auch mitmachen, wenn es mein Vater erlaubt!« rief Octave.
»Dann kann ich mich nicht ausschließen«, sagte Dr. Sarrasin. »Kapital steht in jeder Höhe zur Verfügung. Haben wir erst einmal die Betriebe Stahlstadts wieder in Gang gebracht, dann werden wir bald die modernste Militärmacht sein, und unsere Stadt ist für alle Zeiten vor Angriffen sicher. Unsere friedliebende Politik wird auch die gerechteste Staatskunst der Welt sein. Meine schönsten Träume sehe ich schon bald in Erfüllung gehen! Manchmal frage ich mich, Marcel, warum du nicht der Bruder Octaves bist, wir drei zusammen wären imstande, die ganze Welt aus den Angeln zu heben!«
Marcel war bei den letzten Sätzen des Doktors auf einmal ganz blaß geworden. Der junge Ingenieur schwieg, der Doktor schwieg auch, denn er wartete jetzt auf eine Antwort Marcels. Der riß sich schnell wieder zusammen, und sein Gesicht bekam wieder Farbe.
Dr. Sarrasin packte seinen Arm, als wolle er den Puls fühlen.
»Über Stahlstadt reden wir später noch. Wenn man soviel vom Wohl der Menschheit spricht wie wir, ist es höchste Zeit, an das Glück der Nächsten zu denken. Wie oft reden wir von der Liebe zur Menschheit, ohne uns um die Liebe in den eigenen vier Wänden zu kümmern. Du magst in der Theorie ein wahrer Philanthrop sein, in der Praxis bist du ein ziemlich steifer Patron.«
»Wir Elsässer sind von Geburt her nicht sehr charmant«, antwortete Marcel.
»Jetzt rede dich nicht auf deine Stammeseigenschaften heraus. Du hast lange genug in Paris gelebt und gelernt, galant zu sein. Was macht aber unser Kavalier aus den Vogesen? Es gibt da

ein hübsches Mädchen, das beinahe jede Woche einen Heiratsantrag bekommt, aber jeden Antrag strikt zurückweist, weil es weiß, daß man nicht sie, sondern ihr Geld heiraten will. Das Mädchen weiß nur einen Kandidaten, den sie nehmen würde, aber der Kandidat sieht nichts, hört nichts und spricht nichts. Das Mädchen sagt allmählich auch nichts mehr außer einem schroffen Nein, wenn wieder einmal ein Freier kommt. Die Hoffnung, eines Tages doch noch ja sagen zu können, hat das arme Ding beinahe aufgegeben.«

»Ich versteh nicht, worauf Sie anspielen, Herr Doktor.«

»Sag nicht immer Herr Doktor zu mir, sondern sprich mich mit meinem richtigen Namen an, ich heiße jetzt Papa, und ich hoffe, daß meine Tochter möglichst bald Jeanne Bruckmann heißt, sonst gebe ich dir keinen Sou für den Aufbau von Stahlstadt. Haben wir uns da verstanden?«

Marcel war diesmal so bleich geworden, daß Octave Angst hatte, er würde bald verblichen sein.

So, wie Marcel Bruckmanns Gesicht nach Stunden wieder Farbe bekam, so wendeten sich die Verhältnisse in France-Ville und Stahlstadt zum Guten. Marcel brachte die Finanzen von Stahlstadt in Ordnung, ohne jemanden übers Ohr zu hauen. Jeanne Sarrasin wurde tatsächlich seine Frau und übers Jahr Mutter eines reizenden Säuglings. Für Octave wird immer noch eine Frau gesucht.

Dafür gelang es seinem Vater, durch die Einführung des Gesetzes zum täglichen Baden und durch die Errichtung von 25 neuen Dampfwäschereien die Sterblichkeitsrate auf 0,75 % zu senken. Für den Fall, daß France-Ville in den amerikanischen Staatenbund eingegliedert wird, hat die Regierung in Washington versprochen, die Sterblichkeit überhaupt abzuschaffen.

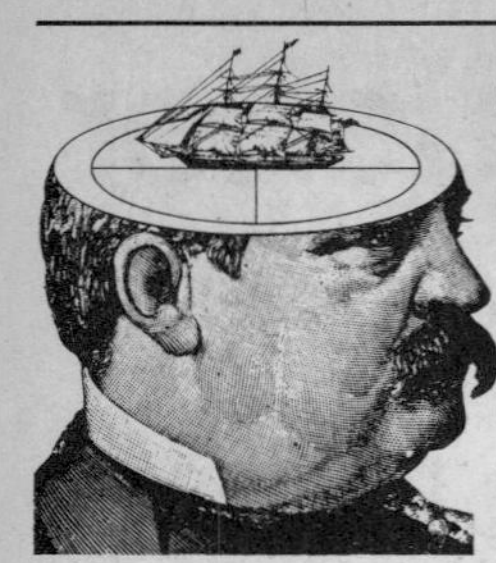

Jules Verne

Werke in 20 Bänden

Der Fischer Taschenbuch Verlag präsentiert seinen Lesern die erste Taschenbuchausgabe der Werke von Jules Verne. Junge Schriftsteller haben das Werk dieses Autors, das am Beginn der modernen Tatsachenliteratur steht, für den Leser unserer Zeit neu übersetzt und eingerichtet.

Reise zum Mittelpunkt der Erde

Fünf Wochen im Ballon

Die Kinder des Kapitäns Grant

Von der Erde zum Mond

Reise um den Mond

20 000 Meilen unter den Meeren

Reise um die Erde in 80 Tagen

Die geheimnisvolle Insel

Der Kurier des Zaren

Die 500 Millionen der Begum

Der Schuß am Kilimandscharo

Der Stahlelefant

Keraban der Starrkopf

Das Karpatenschloß/ Katastrophe im Atlantik

Meister Antifers wunderbare Abenteuer

Zwei Jahre Ferien

Die Jagd nach dem Meteor

Die Propellerinsel

Reise durch das Sonnensystem

Die Eissphinx

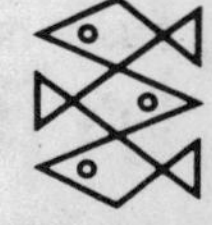